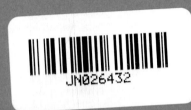

よみがえる森鷗外

毎日新聞学芸部 編
文京区立森鷗外記念館 協力

毎日新聞出版

よみがえる森鷗外

「今より後に、諸家はどうぞ奮って、予《よ》がごとき門外漢までを、大いに動かすような作と評とを出して下さい。そうして予をしてかつて無礼にも諸君に末流《ばつりゅう》の称を献じた失言を謝せしめて下さい。鷗外は甘んじて死んだ。予は決して鷗外の敵たる故を以《もっ》て諸君を嫉《にく》むものではない。」

森鷗外著「鷗外漁史《ぎょし》とは誰ぞ」

（『鷗外論集』講談社学術文庫）より

もくじ

よみがえる森鷗外

I　読み継がれる鷗外文学

II 鷗外の翻訳

III 藝術へのまなざし

IV 医学、軍医、官吏の道

V 家族のなかで

装幀　芦澤泰偉＋五十嵐　徹（芦澤泰偉事務所）

I

読み継がれる鷗外文学

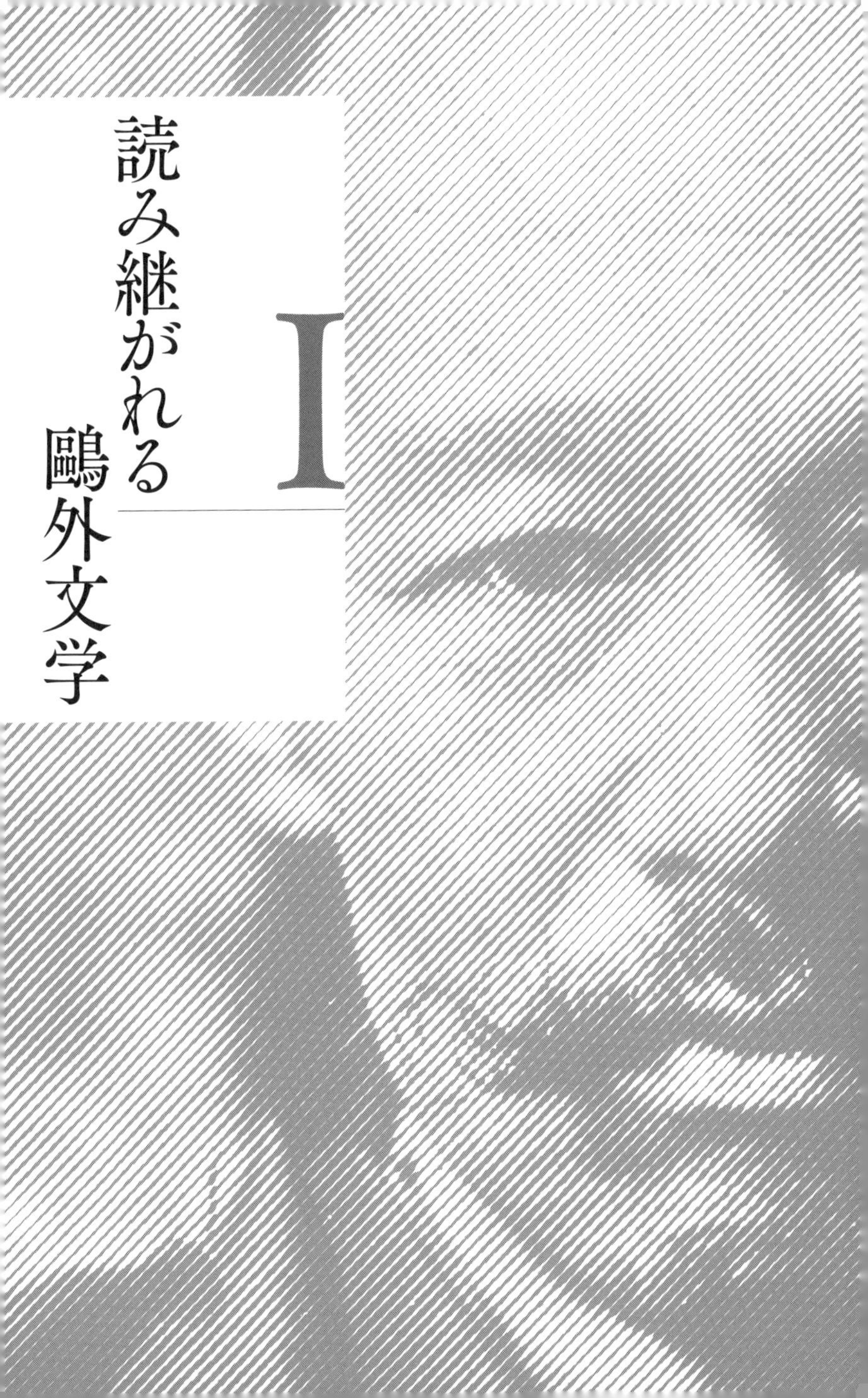

個人と国家、そして諦念

平野啓一郎

小説家

森《もり》鷗外《おうがい》の『舞姫』は、日本近代文学の黎明期に書かれた作品としては、やはり傑出していると思う。

ところが、凡そ『舞姫』ほどよく悪口を言われる小説も珍しく、大変な名文だが、今の読者には「読みにくい」と感じられており、更に、そのストーリーも、主人公の太田豊太郎も、とにかく赦せない、とクソミソに貶されている。

私はそういう議論に触れる度に、百三十年ほど経っても、未《いま》だに読者の感情を、これほどまでに生々しく揺さぶる鷗外の小説に、つくづく敬服させられるのだが。

『舞姫』のタイトルは、「舞姫」である。この単純なことが、なぜかしばしば見失われてしまう。作者は、読者の感情の焦点が、「エリスがかわいそう」という一点に集中して、決してブレないように非常に周到に書いている。彼女のような境遇の人間に対して、そういう思いを抱くことは、今は固《もと》より、男尊女卑的で、社会福祉についての思想が未熟だった当時は一層重要だった。そして、語り手である太田豊太郎という人物は、ヒーローでも何でもなく、作者が読者に提示した、一個の「問題」なのである。

太田が、官僚としての立身出世を、選んで、エリスを捨てた、というのはほとんど誤読である。

彼は、極めて有能な人間として、国家に〝役立つ〟ことを期待され、ドイツに留学したのだったが、自分はそんなことのために生きているのだろうかと思い悩んでいる。エリスとは、その頃に出会ったのだが、やがて同僚たちの嫉妬で立場を失ってしまう。日本から赴任してきた親友の相沢は、彼の苦境を知って驚き、救済のために奔走し始める。結果、太田は言わば、帰国せざるを得なくなってしまうのである。

名高い冒頭に比べて、この小説の末文は意外と忘れられているが、太田は相沢を「良友」としながらも、「一点の彼を憎むこゝろ今日までも残れりけり」という言葉で手記を結んでいる。

太田は、主体的な決断が一切ない人間として描かれている。その意志はあるが、状況は彼にそれを許さない。誰かを愛するということでさえ、不可抗力である。そして、国家にとっては、有能な国費留学生である太田の帰国は当然のことであり、現地での関係は、〝なかったこと〟として処理すべきだというのが、常識的な考え方だった。

だからこそ、鷗外はわざわざ犠牲者である「舞姫」をタイトルとして、それでよかったのか、と問うているのである。つまり、この小説を読んで、何とも言えないモヤモヤした不快感を覚え、こんなのおかしいと思うというのは、まったく作者の意図通りなのである。

『舞姫』は、近代化が、国家と個人との関係に生じさせ、また国内外で引き起こす問題を、この短いページ数の中で驚くほど巧みに圧縮して描いている。

では、鷗外は、太田を一方的に批判しているのかというと、そうではない。「決断は順境にのみありて、逆境にはあらず」と綴られる通り、彼の人生もまた、本人の力の及ばぬところで動いていたのではなかったかと見ている。

鷗外の小説は、かくの如く、デビュー作から晩年に至るまで、徹底したアンチ「自己責任論」である。だからこそ、彼の人生観には「諦念」が滲むし、社会制度や人間関係、病、無意識、偶然、……と様々なものに翻弄される人々への眼差しには、一種の「優しさ」が感じられるのである。仕方がなかったのではないか、と。

そうなると、個人の自由と責任はどうなるのか？　勿論、それもまた考えるべきテーマだろう。

もう一点、『舞姫』で重要なのは、これが飽くまで「ドイツ三部作」の一つとして書かれている、という事実である。『うたかたの記』、『文づかひ』には、それぞれに異なる階級と境遇の女性が、やはり運命に翻弄されながら、それでも自らの人生を変えようとする姿が描かれている。そして、だからこそ、女性の中でも、社会の底辺を生きるエリスは一層、かわいそうなのだ、という思いに駆られるのだが。

『舞姫』は国語の教科書に載せるべきではない、という意見があるが、私はむしろ三部作全部を載せるべきだと思う。

Keyword

ドイツ3部作

『舞姫』『うたかたの記』『文づかひ』のこと。1890（明治23）年から翌年にかけて発表された。鷗外は陸軍二等軍医として84～88年、ドイツに留学。ライプツィヒ、ミュンヘン、ベルリンなどをめぐり、衛生学を修めた。『舞姫』はベルリン、『うたかたの記』ではミュンヘン、『文づかひ』ではライプツィヒ、ドレスデン滞在中のさまざまな体験が構想、素材、叙述に生かされている。『舞姫』は、鷗外帰国後ドイツ人女性が後を追うように来日したことから、自身のことを書いたと思われがちだが、そう単純な作品ではないことが平野啓一郎さんの原稿からもわかる。

越境する文学

多和田葉子
作家

ドイツでは数カ月前から毎日のように「ロベルト・コッホ研究所」の名を耳にする。この研究所の見解に耳を傾けて、政府が新型コロナウイルスに対する政策を決めていくのを見ていると、ドイツでは自然科学が政治の重要な羅針盤として機能しているのを感じる。

森鷗外はドイツ留学中の一八八七（明治二十）年、北里柴三郎とともに細菌学者ロベルト・コッホを訪ねている。伝染病を阻止すること、衛生環境を整えることなどが近代化を急ぐ日本の大きな課題の一つであった当時の日本ではまだ、目に見えないウイルスや細菌というものの存在を実感しにくかったようだ。『カズイスチカ』という短編小説の中で鷗外は、丁寧に消毒した手をありあわせのてぬぐいで拭く老医の姿をユーモラスに描いている。ただ、この老医が医者として劣っているかと言えばそんなことは全くなく、患者を一《いち》瞥《べっ》して下す診断の正しさやどんな患者にも全力で向き合う態度に最新の医学に通じていた息子も敵わない。

『カズイスチカ』に感じられるユーモアや余裕は帰国後二十四年ほどたっているからこそ生まれてくるものなのかもしれない。西洋と日本を比べて頭の中で文化の境界を自由に行き来しながら、食事や都市建設のあり方など文明全体に思考をめぐらす。同じ時期に書かれた『妄想』なども発酵した越境作品と言えるだろう。

一方、帰国後まもなく書かれた『舞姫』の主人公豊太郎にはそのような余裕はない。留学先のベルリンで貧しいドイツ人女性エリスと恋に落ちた時点では、豊太郎は階級と文化の差を乗り越えたとも言えるが、それは恋の力であり、意図的に行ったことではない。豊太郎が妊娠したエリスの元に留まることを決意し、日本で待っている家族も出世も捨てベルリンで苦労して生き抜いた、という筋ならば立派な越境の物語だが、そのような選択は鷗外自身にも想像のつかないものだったろうし、無理にそのようなストーリーをでっちあげても小説として破綻していただろう。小説という分野は自由である一方、「なるほどそのような生き方をした人間がいたか」と読み手を納得させなければならないので不自由でもある。そのせいか、エッセーを書く鷗外は鷗《かもめ》のように軽々と海を越えるが、小説を書く鷗外は重い歴史を背負って岸に留まり、薄明の未来をじっと見極めている。

越境と聞いてわたしがまず思い浮かべるのは『ヰタ・セクスアリス』である。翻訳のほとんどない時代に古典はもちろんのことドイツの同時代の哲学にまで目を通している主人公が子供時代の記憶を語り始めると、読者は江戸時代にタイムマシンで連れていかれたような目眩を覚える。春画を子供に見せて屈託なく笑う庶民、盆踊りで女装して踊る男たちなど、鷗外が自分の目で見た日本の古い文化層がドイツ語の医学用語と交差して立体的で魅力的な文面をつくっている。

　鷗外が留学していた頃のドイツ語圏では、性を偏見から解放し、科学的に研究するべきだという考え方が広まりつつあった。ウィーンのフロイトはもちろんのこと、ベルリンに性学研究所をつくったマグヌス・ヒルシュフェルトなどは、「性的願望が抑圧されると人は病気になる」と主張することで性を道徳的偏見とそれに根ざす政治的抑圧から一歩解放したのである。やがてナチスが台頭し一九三三年には性学研究所の蔵書を焼いてしまうが、偏見に縛られずに人間の大切な構成要素である性に学問的にアプローチする態度は戦後引き継がれて今日に至っている。そういう意味でも『ヰタ・セクスアリス』は時代を先駆ける試みだが、当時の日本では残念ながら理解されず発禁になってしまった。読めばすぐに分かることだが、決してセンセーショナルな告白文学ではない。むしろ日本のいろいろな社会層に残っていた言葉遣いや風習を文化人類学者のように丁寧に集め、その豊かさや意外さを時々ドイツ医学の光に当てて楽しむような人間的な余裕が感じられ、わたしは越境の傑作だと思っている。

Keyword

『カズイスチカ』『ヰタ・セクスアリス』

『カズイスチカ』は1911（明治44）年2月1日発行の雑誌「三田文学」に掲載された短編小説。医学士の花房が開業医の父親を手伝った短い期間を描いた。近代的な医学に対する知識は不十分でも、「全幅の精神を以て病人を見てゐる」父への尊敬の念を明かし、父の代診中に記憶に残った3例の臨床記録（ラテン語で「カズイスチカ」）を挙げる。

『ヰタ・セクスアリス』は09（明治42）年7月1日発行の雑誌「昴《すばる》」に掲載されたが、発売禁止処分を受けた。作品名はラテン語で「性的生涯」を意味する。哲学を研究する主人公が自らの6歳から21歳までの性欲の歴史を書いた内容で、鷗外の自伝的要素が強い作品とされている。

気韻高い文章に惹かれ

瀬戸内寂聴
作家

自分の文学的才能の有無など考えもせず、ひたすら小説家になりたいという無謀な夢だけに頼って放浪していた頃であった。

故郷の女学校の友人が嫁いでいるというだけの理由で、東京の三鷹にたどりつき、友人がさがしてくれた下宿に落ち着いた。街道に面したその下宿から数軒先に禅林寺があった。その寺に太宰治の墓があり、その前で新進作家の田中英光が自殺したことで騒ぎがあった。小さな太宰の墓の前には、ファンたちのささげた酒や煙草がいつでも一杯だった。

その墓の斜め左前に、森鷗外の大きな墓があるのに、太宰ファンの若者たちはほとんど気づかなかった。私はその墓に気づいた時、喜びのあまり、墓場で躍り上がった。以来、毎朝、そこへ詣りつづけ、太宰の墓詣りもしていた。そのことを、文通していた三島由紀

夫に報《しら》せるとすぐ返事がきて、
「太宰の墓にお尻を向け、鷗外先生のお墓に、毎朝お花と水を、ぼくの分もふくめてささげて下さい」
とあった。私は太宰も愛読していたので、三島由紀夫には内緒で、毎朝二人等分に祈っていた。鷗外を尊敬することは格別で、私は鷗外の気韻の高い文章が、とにかく好きであった。小説も好きだが、漢字の多い伝記物より、ドイツの踊り子の話や、日本の若い妾の話などを書いた、さりげない品のいい文章がたまらなく好きになった。

後に東京の本郷の近くのマンションに住むようになって、毎日散歩に出ては、鷗外もここを歩いたのだと思うと、踏み出す靴先に力が入った。『舞姫』や『ヰタ・セクスアリス』は何度読んでも飽きなかったが、私の一番惹《ひ》かれていたのは『雁《がん》』であった。

『雁』は高利貸の妾になったお玉を中心にした小説だが、お玉が囲われた家が、無縁坂の中程にある家で、持ち主の質屋の隠居がついこの間まで棲《す》んでいた。隠居が死んで空いていたのを高利貸の末造が手に入れ、妾のお玉を棲まわせ、自分の通い家にしたのである。小説の『雁』は、この家の前を毎日通る学生の岡田と、その家に囲われた若い妾お玉との話である。

二人は岡田がその家の前を通りすがりに、目だけを合わせ、お玉はひたすら彼の顔を見つめ、岡田は帽子をとって軽い礼を交わすだけの関係である。たまたま、お玉の鳥籠の小鳥を襲った蛇を、通りすがりの岡田が退治したりすることがあり、お玉の岡田への恋慕は、益々、胸の中で燃えていったし、末造が来ないと決まった留守にお玉は岡田を家に泊める手筈《てはず》まで考えつめるが、その晩、岡田は友だちと不忍池の雁を投げた石でうち取り、それを持ち帰るため、お玉の待ちかまえている妾宅《しょうたく》の前を、さりげなく通りすぎてしまった。岡田は大学卒業を待たず、急遽《きゅうきょ》外国へ行くことになっていたが、それを告げる閑《ひま》もなかった。

実らない恋の話だが、それぞれの人物の心理がことこまかく描写されていて、読みだしたら止められない面白さがある。

鷗外は、学歴も高く、中国文学にもくわしく、ドイツ語は熟練していたし、軍人という正業の他に、文学者としての高名で知られている。明治以後の日本の近代文学の推進者として一級者である。教養の広さの故、書いたものも門戸が広く、短編から長編、私小説から歴史小説まで広い。「小説は何をどういうふうに書いてもよい」という鷗外の言葉がある。どの鷗外作の小説を読んでも、言葉の難しさに拘《かか》わらず、すらすらと読めるのは、鷗外が書くものを完全に頭の中で噛《か》みくだいているからであろう。

私は五十一歳で出家する前の三年程、本郷に住んでいたので、『雁』の舞台をよく歩いた。お玉の妾宅のあたりは、気味が悪い程、小説に書かれた雰囲気がそのまま残っていたものだ。

Keyword

『雁』

１９１１（明治44）年から雑誌連載されたが、中断。雑誌の廃刊もあり書き下ろしを加えて完結させ、15（大正４）年、単行本が刊行された。

時は明治13年。美男の医学生岡田と、貧しい育ちながらその器量で高利貸に目をつけられ妾として囲われているお玉の悲しいすれ違いを、不忍池の雁の哀れな死に重ねるように描いた。女でも必死に羽ばたこうとしたお玉だが、岡田はドイツ人教授に雇われ、かの国に旅立っていく。

ストーリーの起伏があり、情感あふれる物語になっている。鷗外の現代小説の中で「もっとも小説らしい作品」と評される。新しい小説のスタイルを模索した長編ともいえる。

女性を理解し励ます

伊藤比呂美
詩人

森鷗外というと、今どきの人は『舞姫』しか思い浮かべないと思うんですよね。

主人公の太田豊太郎は、妊娠して狂った恋人のエリスを捨てて日本に帰ったダメ男。

豊太郎は鷗外その人だと思われてるんじゃないか。つまり作家ですけど官僚で、軍医総監で医学博士で文学博士で権威主義的なオヤジ。

鷗外、顔はたしかにそんなふうですが、心は違います。

鷗外こそ＃ＭｅＴｏｏが影も形もなかった頃にひたすら女を理解し、励ましつづけてくれた人なんですよ。

その証拠はここにあります。『舞姫』『うたかたの記』『文づかひ』のドイツ三部作。

どれも擬古文で読みにくいんですが、そこをあえて三作読めば必ずわかる。

鷗外とは、あの時代の元サムライの家で育って、子どもの頃から論語を習い、立身出世を家族から求められていた男なのに、驚くほど女を差別せず、女に対する信頼感を持ち、女の強さを書こうとしていた人だったということ。

『舞姫』は鷗外が最初に書いた小説です。そしてこれは私小説じゃありません。鷗外の性格（絶対に手抜きしない「俺様」タイプ）を考えると、最初の小説は用意周到に、それまでに読んだ小説を分析し、参照し、友人の経験や自分の経験で肉づけしながら、作り上げたはずなんです。たとえばゲーテの『ファウスト』。為永春水の人情本『春色梅児《ご》誉《よ》美《み》』。ドイツ語で読んだ当時の小説や見た芝居やオペレッタの数々。

『舞姫』のエリスは、金髪碧眼で若くて美人で頼りなくてはかなげですが、これは鷗外の好みというより社会の好み。一昔前の少女マンガの、金髪で目にお星様の主人公みたいなものです。

『うたかたの記』のマリイも金髪の美人ですが、気が強くて風変わり。鷗外の女の好みに近くなってきた。

馬車の上で風に吹かれてマリイの髪が乱れるシーンがありますが、そこで鷗外は、彼女の髪を勢いよく走る馬のたてがみにたとえています。

つまりマリイは、エリスみたいになよなよして男に頼るだけの女じゃない。でもまだ運命に負け、男の押しに負けて、死んでしまう。

次の『文づかひ』のイイダは、もはや金髪でもない。美しくもない。眉間にしわを寄せて顔色も悪い。強い意志を持ち、それをつらぬく力のある女として描かれる。

「ドイツ三部作」、このように、ヒロイン像が刻々変わっていく。

他にも『最後の一句』のいち。『山椒大夫』の安寿。『ぢいさんばあさん』のるん。『阿部一族』の柄本の女房。

どの女も意志が強く、よく働き、お上にたてつき、男を支える。これは時代的なものですから、しかたがない。

きれいな女もいるが、そうでもない女もいる。顔の美醜は女たちの（人間としての）価値を左右しない。

あの時代、女の側に立って女を見ていたのが、このエラそうに髭をはやしたオヤジ顔の鷗外だった。この意外な事実をあらゆる人に知ってもらいたいと思っています。

「女詩人に告ぐ」という鷗外の短い文章が書かれたのは一八九六（明治二十九）年、鷗外は三十四歳。

内田魯庵が毎日新聞（これは現毎日新聞とは異なる）で「女作家の作品にはへんなのが多い」と評したことに返す文章でした。これもこてこての擬古文なので、勝手に現代語訳してみます。

「女の作家の小説にへんなのが多いのには私も驚いている。とくにひどいのは性的なことをあからさまに書いたものだ」とわたしには耳の痛いことを言いながら、鷗外はこう続けます。

「女作家に対して、あなたは女なんだからこれこれのことは書いてはいけないと言ったら、女作家は自分らしく書くことなどできないだろう。つまらない小説を書いたら、男だろうが女だろうが私は否定する。（中略）よい本をよいと言う。その作者の女・男にこだわらない。よくない本はよくないと言う。それもまた同じだ。女作家よ。私はきみたちを待つ。男の作家に対するのと寸分違わない礼をもって待つ」

Keyword

『舞姫』『うたかたの記』『文づかひ』

鷗外は陸軍二等軍医としてドイツ留学を命じられ、１８８４（明治17）〜88（同21）年に滞在。これらはドイツでの経験を基に、帰国後の90年から91年にかけて発表された小説でドイツ3部作と呼ばれる。

『舞姫』は、ドイツで共に暮らすエリスという女性への愛情と、帰国しなければならない間で苦悩する若き官吏が主人公。熟慮の末、彼は日本に帰国する。『うたかたの記』は、ミュンヘンで出会った花売り娘に心奪われた画学生の悲恋をドラマチックに描いている。『文づかひ』は洋行帰りの士官が、伯爵令嬢から手紙の配達を頼まれた不思議な体験を語る。いずれもロマンチックな小説。

まなざしは時代を超えて

町田康
作家

熟〻《つらつら》思うのは、自分はゴミカスだ。と云《い》うことで、なぜかというと物書きの看板を上げてもう二十年にもなるのに森鷗外にちゃんと向き合ってこなかったからである。なめているのか。いや、なめてはいなかった。これからも物書き渡世を続けるなら、続けたいならば、やはりきちんと森鷗外に向き合っていかないとダメだ、と思った。

そう思った私は平成二十九（二〇一七）年一月、小倉に向かった。

鷗外は明治三十二（一八九九）年から明治三十五（一九〇二）年まで第十二師団軍医部長として小倉に赴任、その間に『小倉日記』を残し、また『鶏』『独身』『二人の友』という小説を書いたということを知識として知っていた私は、その旧蹟《きゆうせき》を訪ねることによって、より深く森鷗外の文学を知ろうと考えたからである。

というのは真っ赤な偽り。小倉に行ったのは雑誌に紀行文を依頼されたからで、その企画には鷗外以外にも、火野葦平、松本清張、杉田久女らの記念館や文学館、句碑などが含まれ、それどころか小倉グルメめぐりみたいなことも実は自分はしたのである。

それを、小倉時代の鷗外を調べるため、などと言い繕うなんてさすが滓《かす》だけのことはあるな。軍馬に踏みつぶされて道普請の材料になったら如何《いかが》か。

とそこまで云われる筋合いもないように思うのは、しかしそのなかで行く前からもっとも興味・関心があったのが森鷗外のことで、それが証拠に自分は事前に鷗外が小倉時代のことを書いた『鶏』『独身』『二人の友』という小説を熟読して、そして『小倉日記』も読んで、その文章の腹立つくらいの格好良さに頭をクンクンにして旅だったからである。

で行ってどうだったかというと、私は最初に鍛冶町は森鷗外旧居に向かったのだけども、そこでもっとクンクンになった。

なぜかというと、小説である『鶏』そのままの間取りが現存してそこにあったからで、私は玄関から次の間を通って表の八畳に到《いた》る過程で、「おわあ、ここに『防水布の雨覆』置いたんかいな。おわあ、ここで『金天狗』吸うたんかいな。おわあ、おわあ、アジャピー」と、まあさすがに隣に雑誌の人とかもいたので、実際に口に出しては言わなかったが、頭の中でそんなことを言って惑乱していた。

思うにいま斯《こ》ういうものが小説だと思われている小説の根本にはそうした惑乱があるように思う。しかしそういう惑乱のなかに小説が或《あ》るとき、またそして小説家がその惑乱のただ中に居るとき、森鷗外ただひとりが、「ほほう。」かなんか言って、腕組みをしてその惑乱ぶりを、鶏や別当や下女やなにかを見ているのと同じ感じのまなざしでちょっと離れたところから見ている感じがある。

森鷗外は文久二（一八六二）年の生まれ。明治十九（一八八六）年生まれの萩原朔太郎は処女詩集『月に吠える』を森鷗外に褒められて、それで詩人としての位置を得た。萩原朔太郎も言ってることを聞いてるとときどき、なにを言っているのかわからない、と思ってしまう部分がある（よく読むと違うけど）ほど気持ちが揺れる時期がある。そこにも森鷗外のまなざしは届いていた。

明治四十（一九〇七）年生まれの中原中也は自分は森鷗外に名前をつけてもらったと言っていた。それはどうも嘘らしいのだが、そんな嘘をついて森鷗外ということによって他をして、「おわあ、アジャピー」と惑乱せしめる威光が中原中也の周辺にあったということであろう。

科学や技術はどんどん先に進んで、これからは人工知能の技術も進む。そうした場合、大部分の人間は要らなくなると聞くが、だからといって死ぬわけにも参らず暇な人間が世の中に溢《あふ》れて、小人は閑居すると惑乱するらしいから各々《おのおの》いまよりもっと惑乱する。惑乱は詩や小説を生む。それはいまの人の感情に沿ったものだから自《おの》ずと時代を反映して流行《はや》り廃《すた》りがある。しかしそこにも森鷗外のまなざしは届いているように思う。なんとなれば人としては別だが、こと文章に関して森鷗外はその惑乱の外に徹底してあるからである。おそろしいことだ。

Keyword

「小倉3部作」

森鷗外は１８９９（明治32）年6月から１９０２年3月まで陸軍軍医として、九州・小倉に赴任した。その経験を基に書いた『鶏』『独身』『二人の友』は「小倉3部作」と呼ばれている。『鶏』は09年発行の雑誌「昴《すばる》」に掲載された。少佐参謀として小倉に赴任した1人暮らしの男性が1羽の鶏をもらい、ささやかな事件が起こる物語。『独身』は10年発行の同誌に掲載された。小倉の冬の夜。１人暮らしをする男と友人たちが独身について語らう様子をユーモラスに描く。『二人の友』は15（大正4）年発行の雑誌「ＡＲＳ《アルス》」に掲載された。主人公の「私」が小倉で出会った二人の友人とのエピソードがつづられる。

ロマンスの理解者

中沢けい
作家

『普請中』は明治四十三（一九一〇）年六月に「三田文学」に発表された短編小説だ。この小説を読んでなんと無愛想な小説だろうと呆気《あっけ》にとられる人もいるにちがいない。

往年の恋人だったらしいドイツ語を話す女性歌手と日本の官吏渡辺参事官が東京・木挽町から少し入ったところにある精養軒ホテルで食事をするという短編。伴奏者の男としばらくウラヂオストックで仕事をしていた歌手はこれから米国へ渡るところ途中で東京に立ち寄ったと言う。女は渡辺の欧州滞在時代の恋の思い出を呼び起こそうとするが、渡辺参事官は「日本は普請中だ」と華やかな心持ちにもなれなければ、嫉妬心含みの恋のかけひきもできない心境で、愛想もない。実際、精養軒は普請中で、女が現れる少し前まで、大工仕事の音がだいぶ賑やかに響いていたのである。筋書だけを言えばそっけない短編だが、文章の底のそのまた下に東洋から欧州へ行った青年の華やかな恋の思い出がひっそりと沈んでいる感じが心地よい作品になっている。「燈火の海のやうな銀座通を横切つて、ヱエルに深く面を包んだ女を載せた、一輛《りょう》の寂しい車が芝の方へ駈《か》けて行つた」という末尾の一行は忘れがたい味があり、銀座から帰宅する車のなかでふと思い出すことがある。

「三田文学」創刊はこの年の五月のことで、鷗外が慶應義塾大学文学科顧問として永井荷風を教授に推挙したのはやはり同じ年の二月のことだった。慶應の教授として与謝野晶子を推挙しようとしたのも、この頃のことだ。与謝野晶子は鷗外の申し出を固辞したうえで鉄幹を推挙してほしいと頼んだそうだが、鷗外は鉄幹はいらないと言ったとか。恋を表現できる女性の才能を欲していたのだろうか。樋口一葉が亡くなった時に、その才能を惜しんで葬列に馬に乗って従うことを申し出て遺族にやはり固辞されている。アンデルセンの『即興詩人』を翻訳し『舞姫』を書いた鷗外はロマンスを理解していた。が、どうも日本の空気に触れるとロマンチックになれないのだ。『普請中』を発表する前年の明治四十二年には奇妙な作品を二作発表している。

『追儺《ついな》』は明治四十二年五月に発表。どうもこの頃、鷗外は過去の作家扱いされることが多かったようだ。世評に対する感想を述べたあとで新喜楽の豆打に遭遇した話が出てくる。現在、芥川賞、直木賞の選考会が開かれるこの料亭も、鷗外の豆打に遭遇した頃はまだ新しい料亭だったようだ。約束の時間より早く到着した鷗外は、ひとり大広間に通される。待つことしばし、座敷の襖《ふすま》が開き、白髪頭をおばこに結い赤いちゃんちゃんこを着たしなびたお婆《ばあ》さんが登場する。

座敷の真ん中でちょこんと頭をさげて挨拶をすると「福は内、鬼は外」と豆をまく。それだけの小説だ、どうも鷗外はそこに芸術の夕映えというものを見たらしい。豆まきの場面は簡潔に描かれているが、それだけに時おり、目に浮かんでくるものがある。

明治四十二年の奇妙なもうひとつの作品は『大発見』で六月に発表されている。私はこの作品を「鼻糞《はなくそ》」と記憶してしまったので毎度『大発見』のタイトルを思い出すのに苦労する。「衛生学を修めに来た」と言う主人公にベルリン公使は「人の前で鼻糞をほじる国民に衛生も何もあるものか」と言い放つ。で、主人公は時を経て西洋人も鼻糞をほじくることを文学作品の中に発見するのである。それが『大発見』だ。

明治四十二年という年は鷗外の旺盛な創作が開始される時だが、そこに、こんな憮然《ぶぜん》とした表情の鷗外がいることがおもしろい。東京は年中、普請中であることは夏目漱石も『三四郎』の冒頭で描いている。

それから、およそ百年、オリンピックが延期になった東京もまた至るところ普請中だ。見慣れたはずの町が見慣れない町に変貌していることも珍しくない。思い出が消えた町で呆気にとられることもある。鷗外が無愛想で皮肉な気持ちになったのも無理はない。ロマンチックになりたい恋人たちは隣県のディズニーランドへ出かけて行く。

Keyword

『普請中』『追儺』『大発見』

『普請中』は日本人男性と外国人女性の再会を描いた短編小説。作品の舞台となっている東京・木挽町の「精養軒ホテル」は新館の普請中であり、欧米列強に負けじと近代化を進める当時の日本の姿と重なって見える。

『追儺』は雑誌「東亜之光」に掲載された。料亭「新喜楽」での豆まき（豆打）の様子を描いた。「小説といふものは何をどんな風に書いても好《よ》いものだといふ断案を下す」と自らの文学観をつづったことでも知られている。

『大発見』は雑誌「心の花」に掲載された。主人公は留学中に「鼻糞をほじる」西洋人に遭遇しなかったが、帰国後にそれを描写した海外の文学作品を見つけ、大発見を遂げる。

自らの本音　赤裸々に

高橋源一郎
作家

作家になって最初に買った個人全集は鷗外全集だった。ちなみに、作家になる前に買ったことのある全集も、永井荷風や中原中也を筆頭にいくつかある。

なぜ、作家になって最初に買ったのが鷗外全集だったのか、その理由は覚えていない。いや、思い出した。二十歳頃に筑摩書房の鷗外全集を買ったことがある。全集といっても、全作品が入っているわけではなかった。そのときは、鷗外の歴史小説に熱中した。『伊沢蘭軒』や『渋江《しぶえ》抽斎《ちゆうさい》』である。なにが面白かったのだろう。もしかしたら、背伸びをしたかったのかもしれない。作家になって買った全集では、もっぱら「翻訳」を読んでいた。おもしろくて仕方なかった。その理由については、いくつも思いつくことができるが、ここでは書かない。それから、しばらくして、『日本文学盛衰史』という小説を書き、鷗外を登場させることになったので、今度は一巻から読んでいった。現代小説がいちばんおもしろかった。時期により、そのときの自分の関心のありようによって、好きな作品が変わってゆくのだろう。

『あそび』という短編をご存じだろうか。「現代もの」だが、主人公の「木村」は、役所勤めをしている作家、という想定である。つまり、鷗外本人を主人公とした小説だ。他にも、「木村」ものはあるが、いずれにせよ、木村＝鷗外の本音が赤裸々に描かれた小説だ。いや、もちろん、「本音」のふりをしている可能性もないわけではないが、ここは素直に、鷗外が自らの「本音」を明かすために、この「木村」ものを書いた、と考えてみたい。そのように受けとられることがわかった上で書かれた作品なのだ。

この『あそび』では、新聞や雑誌で繰り広げられる自分への批判について木村＝鷗外がどう思っているか、が書かれている。自分の小説には情趣がない、というような批判に対して、そんなことはどうでもいい、と木村は考えている。

「木村はただ人が構わずに置いてくれれば好《よ》いと思う。構わずにというが、著作だけはさせて貰《もら》いたい。それを見当違に罵倒したりなんかせずに置いてくれれば好いと思うのである。そして少数の人がどこかで読んで、自分と同じような感じをしてくれるものがあったら、為《し》合《あわ》せだと、心のずっと奥の方で思っているのである。」

そんなことを考えながら役所に向かって歩いていると、同僚の小川という男に会う。小川はいきなり木村にこういう。

「こないだ太陽を見たら、君の役所での秩序的生活と芸術的生活とは矛盾していて、到底調和が出来ないと云《い》ってあったっけ。あれを見たかね。」

木村が「見た」と答えると、小川は、しつこく、その感想やら木村の芸術観を問いただす。いやになるよね、ふつう。

「どう思って遣《や》っているのだね。」

「どうも思わない。作りたいとき作る。まあ、食いたいとき食うようなものだろう。」

木村が露骨に不機嫌になるので、小川は黙ってしまうのである。そして、木村は役所に出所をすると仕事をする。書類を広げ、見て、そこに書き入れていく。なんだか、それが「あそび」のように思えてくる。真剣にやってはいるにもかかわらず。そして、仮に、役所の仕事を辞めて「朝から晩まで著作をすることになったとして」どうなるか考えてみる。「子供が好きな遊びをするような心持」になるだろう。木村は、そう思うのである。

また別の同僚が、木村の仕事ぶりを見て、遊んでいるようだという。

「木村が人にこんな事を言われるのは何遍だか知れない。この男の表情、言語、挙動は人にこういう詞《ことば》を催促していると云っても好い。役所でも先代の課長は不真面目な男だと云って、ひどく嫌った。文壇では批評家が真剣でないと云って、けなしている。一度妻を持って、不幸にして別れたが、平生何かの機会で衝突する度に、『あなたはわたしを茶かしてばかしいらっしゃる』と云うのが、その細君の非難の主なるものであった。」

同僚からも、文壇からも、妻からも、「あそび」だと思われる。そして、それでいいのだ、と木村は考えるのだ。


この『あそび』は、明治四十三（一九一〇）年八月に発表された。近代最大の政治的事件、大逆事件発覚の三カ月後である。

次の「木村」ものは、この四カ月後に発表された。大逆事件を受け、騒ぐ同僚たちに、役所の食堂で、木村が、アナーキズムについて滔々《とうとう》と語るという短編『食堂』である。

このことについて、書きたい気持ちは強いが、それはまた別の機会にしたい。

Keyword

『あそび』

『あそび』は１９１０（明治43）年8月1日発行の雑誌「三田文学」に掲載された。役人で兼業作家の主人公、木村のある夏の日を描いた短編小説。

　木村はある朝、日出新聞の文芸欄で、自身の作品について「情調がない」と論じられているのを読んだ。木村には書いてあることが不可解であった。一方、日出新聞からは応募脚本の選者を任されていた。その日の昼前に審査を催促する電話を受けるが、「まだ急には見られませんよ」と、多少の悪意をもって応える。

　著作について「子供が好きな遊びをするような心持」との表現は、鷗外自身の考えを示しているとされている。

柳田國男への影響

鶴見太郎
歴史学者

　戦後、旧友・正宗白鳥との間で行われた対談「三代文学談」（「文學界」一九五三年一一月）の中で柳田國男は、近代の作家の中で感化を受けた人は誰かと問われ、即座に森鷗外の名前を挙げている。そして小説が題材とする対象の広がり、観察する角度、外国にも色々な文学があることを自分は鷗外から学んだとして、「無意識にこうしてしゃべってるうちに、鷗外さんの影響が出」ると、恩恵の大きさを表現した。平素、自分の受けた影響について語ることの少ない柳田にとって、これは珍しいことだった。

「めさまし草」などを通じて鷗外と交流のあった兄・井上通泰を介してその知遇を得たのは、柳田がまだ十代半ばのことであり、時期的には上田敏や木下杢太郎に先んじていた。人生の最も多感な年代に出会ったことは、その後も柳田における鷗外像を強く印象付けた。

明治維新による社会変動に翻弄された地方知識人の家に生まれ、上京して勉学に励み、大学卒業後、軍医として激務の間にあって文学的な創造力を磨いた鷗外は、まさに柳田にとって自分と多くが重なる先行者と映った。抒情詩人として出発し、長じて農政学を専攻して官僚として地方視察に日を送った柳田にとって、文学と学問、そして政治は枝分かれすることなく互いに緊張関係を保っていた。ヨーロッパの学問、思想に通暁する一方、その世界に足を取られることのない人間像を示した点で、柳田にとって鷗外は参照すべき一つの型として捉えられた。

文学を通して得られる両者の社会像が近似しているのも、その証左の一つである。鷗外の訳業には『幽霊』『ジョン・ガブリエル・ボルクマン』などに代表されるイプセンの社会劇も含まれており、明治末から大正にかけて流行したイプセンの影響力を前に、鷗外もまた自分なりに石を置いた。小説『かのやうに』の中では主人公の歴史学者・五条秀麿の口を借りて事実として証拠立て出来ないことを理由に「義務」を「怪物」、「幽霊」と見做《みな》してこれを破壊する姿勢に対し、「併《しか》しその跡には果してなんにもないのか」と懸念を表明した。

一九〇八（明治四十二）年、柳田もまた当時仲間と定期的に開催していたイプセン会の例会で、既存の社会規範を破壊する志向が目立つイプセンの作風を疑問視し、破壊された場合であっても、何かそこに形式が残らなくてはならないとして、他の出席者に同調しなかった。この直感は、旧習・因習であっても、そこにはそれまで蓄積されてきた理由と合理性があり、やみくもにそれまで続いてきた事柄を否定することは良い結果を生まないとする、後の民俗学者・柳田国男が示した姿を暗示している。

　同じく鷗外はリルケの戯曲『家常茶飯』を訳出するにあたって、劇的な要素を排することで日常に秘められた感情を描き出す同作品の手法に「イプセンのやうな細工」にはない静かな迫力を見出しているが（「家常茶飯附録　現代思想（対話）」）、この視点は記述に余計な修飾語を使わず、つとめて感情を抑制し、土地の伝承を綴った『遠野物語』の魅力にも通じるところがある。鷗外の文学上の仕事には翻訳を通してヨーロッパとの比較・照合を行いつつ、自身の創造性を高めたことについては知られているが、柳田には自分がヨーロッパ文学に接する際、鷗外を介することで読む視点を養ったという意識があった。

　その柳田は鷗外の死後、より深く民俗学に係っていく中で同じ土地に数世代住み続けた人々の間で形成された言葉以前の「心意伝承」という翻訳不可能な世界に直面する。ただし、長い時間をかけて資料収集を行い、海外との比較に堪える基盤を整えれば、道は開けるという可能性は残した。昭和に入って提唱された「一国民俗学」もまた、控えめながら将来的な「世界民俗学」への射程を含んでいた。その後景の一部に、かつて鷗外という得がたい指南役のもとで外国文学を見渡した体験を読み取ることができるのではないか。

Keyword

『かのやうに』

『かのやうに』は、後に『吃逆《しやつくり》』『藤棚』『鎚一下《ついいつか》』と続く「秀麿もの」と呼ばれる4連作の第１作。１９１２（明治45）年1月発行の雑誌「中央公論」に掲載された。

歴史科を卒業した五条秀麿はベルリンに留学し、ドイツ人神学者の活躍について子爵の父に手紙を書く。しかし、父は「穏健な思想を養って、国家の用に立つ人物になって帰ってくれ」としか返さなかった。帰国後、親子の関係はぎくしゃくする。

国家、宗教などを題材にした思想小説とも言われる。作品発表時は幸徳秋水ら12人が処刑された大逆事件が起きるなど、国家によって言論や思想が弾圧される時代だった。

冷静と自制のきわみ

門井慶喜
作家

一国の国民は、ときに国民ぐるみヒステリーにおちいる。

それは歴史のまぎれもなく示すところである。幕末の尊王攘夷《じょうい》さわぎもそう、戦後のオイルショック（第一次）もそう。ひょっとしたら現在も、それと気づかず、私たちは危険な感情過多の渦を生み出す大海の一滴になっているかもしれないのだ。

そんなとき家にこもって読み返すべきは森鷗外だ。なぜなら鷗外こそはヒステリーから最も遠い、冷静と自制のきわみの文体のもちぬしだからである。自分の頭でものを考える文体、と言いかえてもいいだろう。

鷗外が体験した国民的ヒステリーのうち最大のものは、おそらく五十歳のときの、明治天皇の死によるそれである。

いや、鷗外の関心は、むしろその大葬の晩に陸軍大将・乃木希典が切腹――いわゆる殉死――したことのほうが強かったかもしれない。何しろ鷗外みずからが陸軍に所属する軍医だったし、大衆の反応は、この乃木という日露戦争の英雄の至誠と胆力に対する感傷でたちまち一色《ひといろ》にぬりつぶされたのだから。

鷗外は、さだめし違和感をおぼえただろう。ただしその違和感をじかに現代小説のかたちで発表したりしたら、それこそ大衆からの、

――聖将の死をばかにするのか。

あるいはもっと見当はずれで厄介な、

――天皇への不敬だ。

という抗議を受けかねない。

こんにちでいう炎上である。いつの世にも国難好きはいるのである。そこで鷗外が目をつけたの

殉死当日の乃木大将と静子夫人（東京・赤坂の自邸で）

は旧幕時代に材を採る、いわゆる時代小説だった。これなら読者への刺激はやわらげられ、しかし言わんとしていることは、耳ある人には通じるだろう。或る時期以降の鷗外は、ただ何となく「書きたいから」で小説を書くような無邪気な作家ではなかった。

具体的には短篇『興津《おきつ》弥五右衛門《やごえもん》の遺書』および『阿部一族』。どちらも乃木自決の直後に書かれた。前者のほうは話がやや単純で、鷗外としても足ならし以上のものではなかったと思うが、後者のほうはストーリーも、登場人物の関係も複雑をきわめる。それをあっさり書ききるあたり、『阿部一族』は、まぎれもなく円熟期鷗外の傑作のひとつだが、時代設定は寛永年間（徳川初期）。まだほんとうに殉死という習慣があったころ。

熊本藩主・細川忠利は、病死の前に、親しく仕えた藩士十八人へ殉死をゆるした。だが小さな（じつに小さな）感情のいきちがいから阿部弥一右衛門にだけはゆるさず、弥一右衛門はやむなく生きのびたものの、藩内の悪評を受け、ゆるしを得ぬまま切腹した。

制度上は殉死ではない。ただの犬死にである。一種のあてこすりとも受け取られたのだろう。息子四人は「いじめ」としか思われぬ処分を藩から受けた。

ほかの殉死者のあととりは、みな優遇されたのである。四人は謀反の意をあらわし、家にたてこもり、藩のさしむけた多数の兵に誅伐される……。

こういうストーリーを追いながら、鷗外は、人間心理を分析しつくした。殉死をゆるした殿様のそれ、ゆるされた者のそれ、ゆるされなかった弥一右衛門のそれ。

のこされた息子たちのそれ。誅伐へ向かう兵のそれ。そうして鷗外はどの場合も、けっして善悪は言わなかった。ちょうど昆虫学者がピンセットで標本をならべていくように、ただそこにあるものを正確に読者に提供するだけ。むろん言いたいことは無数にあっただろうが、国民的な感情過多、道徳過多の時代には、

――これしかない。

という思いだったのにちがいない。いつの世にも一定数はかならずいる冷静な人、または冷静になりたい人に向けて鷗外は書いた。文学者というより警世家。陸軍軍医・森林太郎はこのとき一国の病を医《いや》そうとする文字どおりの「国手」だった。

Keyword

『興津弥五右衛門の遺書』『阿部一族』

『興津弥五右衛門の遺書』は1912（大正元）年10月1日発行の雑誌「中央公論」に掲載された。乃木希典が同年9月13日の明治天皇大葬の日に殉死し、それに衝撃を受けた森鷗外が数日で書き上げた。

興津弥五右衛門景吉《かげよし》が、切腹前に書き残した遺書として物語が進む。景吉が主人の細川三斎《さんさい》のために茶事で用いる珍品を求めて訪れた長崎でのエピソードを交えながら、主人に対する忠誠心が描かれている。鷗外は本作を契機に歴史小説にも幅を広げたといわれる。大正2年の単行本収録時に大幅に改稿した。

『阿部一族』は同年1月1日発行の雑誌「中央公論」に掲載された。両作は「殉死」を題材にした作品として知られる。

「闘う家長」として

田原総一朗
ジャーナリスト

私は中学、高校時代までは、森鷗外を夏目漱石と並ぶ、近代日本の文豪として捉えていた。

後世まで残る沢山の小説を書き、軍医としては軍医総監にまで上りつめている。

だが、たとえばデビュー作である『舞姫』は、小説ではあるが、ほとんど鷗外自身のこと。それもドイツに留学したときに惚れた女性が、鷗外が帰国すると、それを慕って来日したのだが、自分が責任を取らず、親にゆだねて、結局彼女を故国に帰らせてしまうという、表に出したくないいきさつを、ほぼ具体的に書いているのである。

また、鷗外は結婚もうまくいかず、最初の妻赤松登志子とは一年で離婚せざるを得なくなった。彼女は海軍中将赤松則良の娘であったが、鷗外は家出同様のかたちで破局をつくっている。

そんな鷗外だが、その後に志げと結婚して、何と五人の子供を見事に育てていて、著名な作家・山崎正和は〝闘う家長〟としての鷗外を描いている。

私が、鷗外に深く魅せられたのは、〝闘う家長〟として、しかも軍医総監にまで上りつめながら、鷗外が書く小説には、いささかも、自らが置かれた厳しい環境に対する媚《こ》びへつらいがないことだ。

『阿部一族』や『護持院原《ごじいんがはら》の敵討《かたきうち》』はもちろん、『高瀬舟』も『山椒大夫』も『ぢいさんばあさん』、さらには『大塩平八郎』や『栗山大膳』まで、いずれも危機に立つ家長が、懸命に戦っている姿を描いているのである。

たとえば『高瀬舟』は、安楽死がテーマになっていて、主人公の喜助は、病身の弟を、

森鷗外の生前に刊行された著作の一部。『渋江抽斎』をはじめ、新聞に連載された作品などは没後に書籍化された（文京区立森鷗外記念館提供）

一家の長として全面的に引き受けている。

そして、弟を養い、弟を庇護《ひご》するという責任の延長として、弟の自殺を助けるのである。

もちろん、その行為は、喜助にとって大変な苦痛であったにちがいないが、その責任を取れるのは自分しかない、と考えたのであろう。一家の家長としてである。

いうまでもなく、自殺幇助《ほうじょ》は、社会の次元では明白な罪である。もちろん、喜助は、そのことが十分わかっている。だが、家長としては、こうした行為を取らざるを得なかったのではないか、と描いている。

『大塩平八郎』も、その革命的な行為を描いているのだが、実は家父長としての、大変難しい、苦しい立場を描いているのである。

叛乱《はんらん》を計画したのは、たしかに平八郎である。

だが、彼は、事態が自分の意志よりも、少しずつ速すぎる勢いで運ばれていくのを感じているのである。

いってみれば、彼が育てた弟子たちが、平八郎の手では統御できない力で動きはじめて、叛乱となってしまったのだ。

『栗山大膳』も鷗外ならではの小説である。

大膳は、黒田家の藩主である忠之よりも十歳ばかり年上で、藩主にたいして庇護者としてのぞむ立場にあった。だが、忠之は子飼いの寵臣《ちょうしん》である若い十太夫をとりたてて、大膳を遠ざけ、家中の綱紀が急速に乱れた。そこで大膳は、なんと、幕府に対して、藩主・忠之に逆心があるとの偽りの訴えを起こすのである。幸いにして計画は成功して、十太夫は追放されて、黒田藩は安泰のうちに綱紀が正されるのだが、なんともすさまじい小説だ。『渋江抽斎』も、懸命に戦う武士を描いていた。私が大学生の時代には、環境に媚びへつらわないために、ドロップアウトする、ということが非常に注目された。だが、私は鷗外が厳しい環境の中で、きわめて主体的に、自己主張しながら生きていくのを、ドロップインとして捉え、私自身も、鷗外に倣って、ドロップアウトではなく、テレビ局に勤めてから、きわめて主体的に自己主張をしつづける生き方を選んだつもりである。

Keyword

鷗外の小説観

『大塩平八郎』や『栗山大膳』など、晩年の森鷗外は歴史を題材にした作品の執筆に力を入れた。「史伝3部作」と呼ばれる長編の『渋江抽斎』『伊沢蘭軒』『北条霞《か》亭《てい》』は50代半ばから執筆し、いずれも東京日日新聞（現在の毎日新聞）に連載された。

鷗外は短編『追儺《ついな》』で「小説といふものは何をどんな風に書いても好《よ》いものだ」と自らの小説観を明かしている。しかし、歴史小説や史伝は資料に基づき執筆することから、自身の考える小説の自由が束縛される問題を抱えていた。

一方、劇作家の山崎正和による評論『鷗外　闘う家長』は、「家長」をキーワードに鷗外を画期的な視点で論じた名著として知られている。

史伝ものの文体

林　望
作家

　三島由紀夫は『文章読本』のなかで、鷗外の『寒山拾得《かんざんじつとく》』から「閭《りよ》は小女を呼んで、汲《くみ》立《たて》の水を鉢に入れて来いと命じた。水が来た。」を例に引いて、こう述べている。

「私がなかんづく感心するのが、『水が来た』といふ一句であります。この『水が来た』といふ一句は、全く漢文と同じ手法で『水来ル』といふやうな表現と同じことである。しかし鷗外の文章のほんたうの味はかういふところにある……」

『寒山拾得』に限らない。また、『追儺《ついな》』の「家が新しい。畳が新しい。畳に焼焦しが一つないのは、此家に来る客は特別に行儀が好いのか知らんなぞと思ふ。兎に角心持が好い。」というような行文を読めば、それが鷗外の文章の特色であったことはよく分かる。

　こうした、ぶっきら棒で勁直《けいちょく》な表現は、漢文で日記を書いていたような学識の主鷗外としては、自然に発想せられたものであろう。それはまた、例えば記録文『盛儀私記《せいぎしき》』のようなものに一層顕著であって、「十一日、晴。午に近づきて天漸く陰る。午後二時寓を出づ。」などを読むと、『明月記』のような漢文体公家日記といくらも径庭がない。

といって、鷗外がこうした過飾を排した文体をのみ採用したのかと言えば、そうでもない。たとえば『藤鞆絵《ふじどもえ》』に、「佐藤は内心大いに驚いた。そしてその驚きを極力包み隠さうと努めた。（略）Surprise（シュルプリイズ），étonnement（エトンヌマン），凡《およ》そこんな場合に、普通の人間が平気で顔にあらはす表情筋の運動は、闇から闇へ抑制してしまはなくてはならない。そして電光石火の如《ごと》く、これに処する所以《ゆえん》の道が講ぜられなくてはならない。佐藤の脳髄の中では、求心的機関と、遠心的機関が、全速力を以《もっ》て運転した。」という一節がある。

これは諧謔《かいぎやく》的行文だが、漱石『吾輩は猫である』の一刀両断なユーモアや、『夢十夜』の洒落《しやれ》た諧謔とは異質の、下手な冗談を自分で解説しているような野暮ったさがある。ユーモアの方面では、薄田泣菫《すすきだきゆうきん》の、省略と抑制の利いた『茶話《ちやばなし》』などに遥《はる》かに及ばない。

鷗外の随筆となると、これがなかなか読みにくい。ひとつには文章中にしばしば独・仏・英語の哲学用語などが、説明もなく衒学《げんがく》的に放り込まれているからである。いわゆる美文調の文章であっても、たとえば徳冨蘆花の『甲州紀行はがき便』の「遥かの谷底を流る〻川音、満山の雨の音と耳に満つばかり、（略）山もや〻狐色に焦《こが》れ、飛泉其処此処《そここここ》に白く、独木橋を川水に奪《と》られぬ様藤かづらのくさりにて大石に結びつけたるなど、愈《いよいよ》山深く分け入る心地致され候。」の如き伝統的スタイルのほうが遥かに意味の透明性は高く美しい。

しかるに「三十七年如一瞬。学医伝業薄才伸。栄枯窮達任天命。安楽換銭不患貧。これは渋江《しぶえ》抽斎《ちゆうさい》の述志の詩である。想ふに天保十二年の暮に作つたものであらう。」という文章を以て始まる『渋江抽斎』に代表される史伝ものになると、それが新聞連載ということも手伝ってか、不必要な衒《てら》いが消え、まさに坦々《たんたん》と史実を追うて語っていく文体が確立して、多少佶倔《きつくつ》な語彙《ごい》も古老の懐旧談の如く腑に落ちる。いわば文体の格調と描く対象がよく釣り合って、鷗外ならではの境地に至る。もはや諧謔を弄する必要もなく、史実に忠実に寄り添って、知り得た事柄を平話のスタイルで物語る。行文に漢詩文の素養が滲み出るのは一つの味わいであるが、それとて決して過度ではない。『舞姫』のような疑似的古文で綴る必要もなく、すらりと書きたいように書いている『渋江抽斎』こそは、鷗外の文体の一つの到達点であったろうと思う。私は、青年時代から、特にこの『渋江抽斎』を愛読して、ほとんど自分の文章の亀鑑ともしてきた。しかるに現今の文学に於いて、文体などということはやや埒外《らちがい》に置かれたかの観があるのはいかにも残念だが、かかる時代にこそ、鷗外の文体は今一度玩味評価されなくてはなるまいと、私は固く信ずるのである。

Keyword

『渋江抽斎』

森鷗外は晩年、史伝小説の執筆に力を入れた。『渋江抽斎』は、その一つ。１９１６（大正５）年１月から５月まで計１１９回にわたって東京日日新聞と大阪毎日新聞（現在の毎日新聞）で連載された。

「わたくし」は江戸時代の武鑑の収集過程で、「弘前医官渋江氏蔵書記」の朱印がある本に出合い、弘前医官の渋江抽斎に興味を持ち、彼の家系や学問的系譜をたどるなど本格的追究を始める。

抽斎自身はいよいよ「著述」に打ち込もうとした矢先にコレラで亡くなるが、本作は埋没していた幕末の学医の掘り起こしにとどまらず、抽斎の没後をも丁寧に描いた作品として知られている。

読むべき史伝

山崎一穎
跡見学園女子大学名誉教授

乃木希典夫妻の殉死を契機に歴史小説が始まる。陸軍省退官と同時に史伝が始まる。大正期の十年間の鷗外の文業である。

歴史小説の斬新さは、女性の発見にある。運命の逆境を己の英知で乗り越えていく武家の娘にりよ、安寿、るん、町娘にいちがいる。さらに主体的に生きた女性として、自ら結婚を決めた安井息軒の夫人佐代、史伝の分野では、抽斎夫人五百《いお》、伊沢蘭軒の次男柏軒に嫁《か》す狩谷《かりや》棭斎《えきさい》の次女俊《たか》（のち、しゅん）がいる。江戸時代の〈新しい女〉である。

鷗外史伝の魅力は、調べながら書き、書きながら調べる。しかもその調査過程が同時に記述される。時に読者に情報を求める。作家と読者とのコミュニケーションがジャーナリスティックに新聞に連載されていく。

一家族の輪が一族の輪と結びつき、一家・一族が師友の一家の輪と鎖のように繋がっていく。小さな物語が続々と結び付く。それが大河ドラマのような家族史や文化・文人の交流の歴史となる。

鷗外史伝とは、江戸幕藩体制下における医官の一家庭・一族（渋江抽斎、伊沢蘭軒）の消長の歴史叙述である。近世文人たちの交流史であり、文化史、学問史の一端である。抽斎・蘭軒没後が追尋されたことで、維新という変革期の激動の中で、父祖のように至福に生き得ない没落士族の苦難に満ちた生活史が浮き彫りになる。そこに不条理に満ちた人間の生そのものの実体が顕在化する。

立伝の方法は「述べて作らず」である。事実をもって示し、いたずらに物語化しない。つまり、合理的にまとまりを付けることや、解釈を拒否している。伝記は編年体でつづられる。一家一族が他のそれと交わる時は、紀伝体（列伝体）を採る。時間と空間に生動する歴史を捉える。ここに鷗外伝記の妙味がある。

『渋江抽斎』の面白さは、〈放蕩児《ほうとうじ》の物語〉にある。森枳園《きえん》は芝居好きが高じて舞台で演じ、主家福山藩の医官から追放される。抽斎がその才を愛し後見人となる。枳園は放浪の間、野山を跋渉《ばつしょう》し、本草学《ほんぞうがく》を学ぶ。のち復籍後、本草学の講義は秀逸であったという。維新後、新聞に劇評を載せる。

抽斎の次男優善《やすよし》（のち優《ゆう》）は、茶屋に遊び吉原に登楼する。借財は踏み倒す。芝居好きで舞台に上がる。維新後、浦和県の役人となり、「劇界珍話」を残す。枳園・優ともに若き日の遊興の裡《うち》になお風狂の精神を忘れず、芸術活動に昇華させた点を鷗外は見逃さない。

鷗外の抽斎・蘭軒伝の最大の関心事は、抽斎の痘科《とうか》（種痘）の師・池田京水《けいすい》にある。「病弱故業に耐えず廃嫡」との先祖書の記事に鷗外は納得せず、その謎を追う。恐らく最もドラマチックな物語内容が事実として浮上する。京水自筆の巻物に見る薄命な女子の生涯は、小説よりも奇であるが、その物語をつづらない。

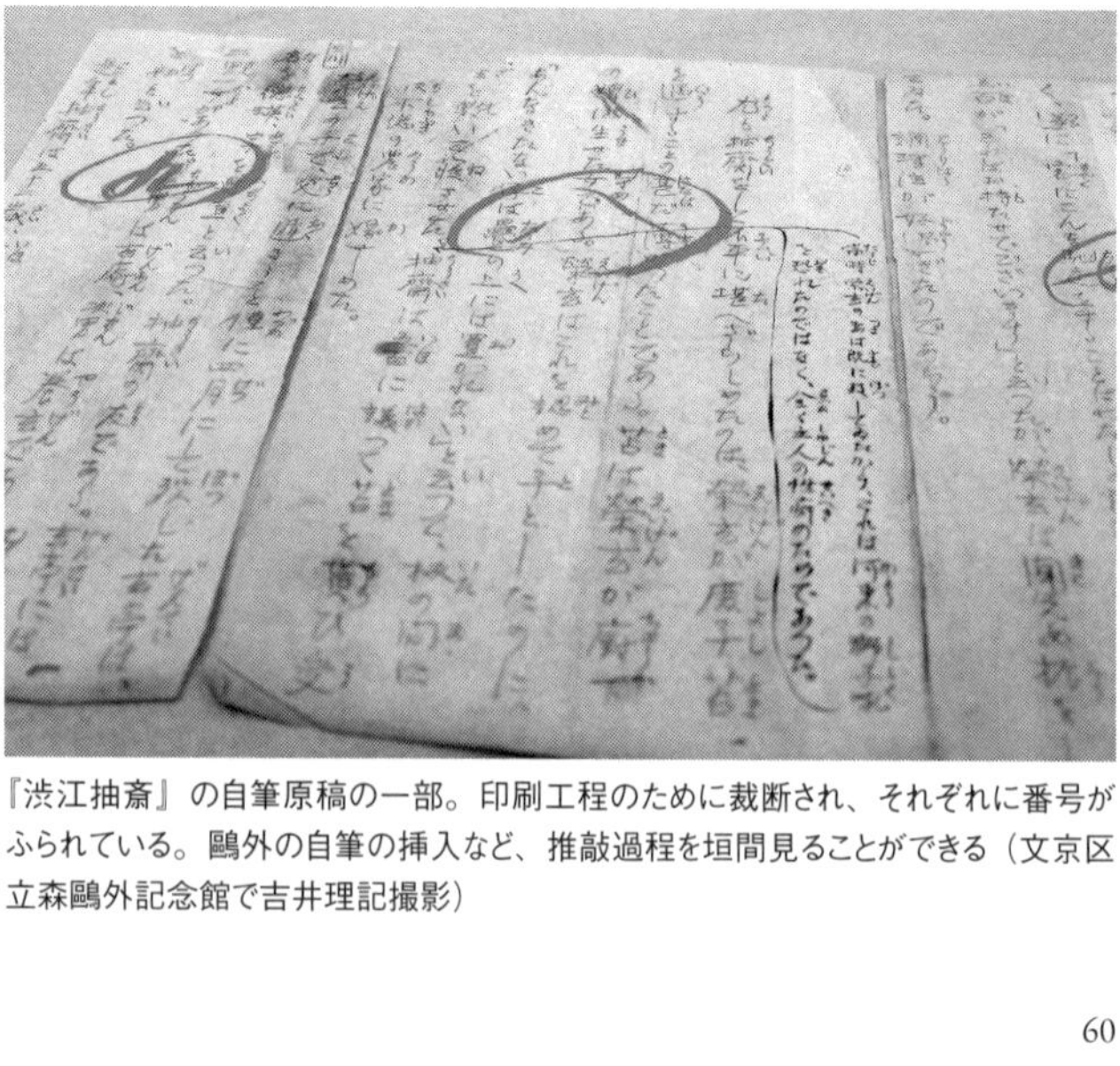

『渋江抽斎』の自筆原稿の一部。印刷工程のために裁断され、それぞれに番号がふられている。鷗外の自筆の挿入など、推敲過程を垣間見ることができる（文京区立森鷗外記念館で吉井理記撮影）

蘭軒の長男榛軒《しんけん》の後妻となった飯田氏志保の生父探しの一件も興味深い。蘭軒の「長崎紀行」や孫の棠軒《とうけん》が福山藩の軍医として戊辰戦争に従軍し、従軍日記を残したことも歴史的記録として重要である。安政二（一八五五）年の大地震、五年のコレラの流行が語られる。抽斎はコレラで、蘭軒は急激な熱病で死去する。

蘭軒伝は読者の評判が悪い。新聞社や鷗外へ抗議文がくる。新聞に無用な文を掲載するのは、常識なき所業で棄筆せよと迫る。鷗外は『伊沢蘭軒』の文末で、伝記の「有用無用」は問わない。それよりも「わたくしは学殖なきを憂ふる。常識なきを憂へない」と言い切る。私の伝記が嫌悪されるのは、「往事を語る」からだと言う。「歴史を観《み》ることを厭《いと》ふ」からだと言う。

新奇さ、合理性、有用性を求める大正中期の時代思潮への反措定として、鷗外の史伝は存在する。パンデミック、ロシアのウクライナ侵攻という世界史的事件が続く今日、読むべきは鷗外の史伝である。ここに日本人の文化と精神がある。鷗外は私たちに歴史を学ぶことをメッセージとして残している。

Keyword

『伊沢蘭軒』

『伊沢蘭軒』は、鷗外作品の中で『渋江抽斎』『北条霞亭』と並ぶ「史伝3部作」と呼ばれる。いずれも晩年に執筆され、東京日日新聞（現在の毎日新聞）に連載された。『伊沢蘭軒』は『渋江抽斎』の執筆後となる1916（大正5）年6月25日から17（大正6）年9月5日に連載された。江戸後期に実在した福山藩医の伊沢蘭軒の生涯を描き、歴史的には無名に近い人物にスポットを当てた。

鷗外の代表作といえば、世間では『舞姫』や『雁』が連想されるが、「毎日新聞」で始まった連載「今よみがえる森鷗外」で、作家の林望さんやジャーナリストの田原総一朗さんらが史伝を取り上げ、知られざる傑作であることを印象づけた。

精神刺激し作品に息吹

野崎歓

仏文学者、翻訳家

　仏文科の学生だったとき、中世フランス語講読の授業でお世話になった山田𣝣《じゃく》先生は、森鷗外の孫で、森茉莉の息子だった。本人がそういって威張っていたわけではもちろんないが、学生はみんな知っていた。そもそもジャクという名前からしてただ者ではない。晩年の鷗外が「世界通用ノ名トナル」との意を込めて名付けたのだ。ジャク先生は世界的有名人というわけではなかった。だがその謦咳《けいがい》に触れることのできた学生は幸いなるかな。何ともチャーミングで粋な含羞の人だった。そして訳読の際に先生の口から流れ出す訳文の見事さに、ぼくらは目を丸くした。

　ジャク先生のお人柄に惹かれて、徐々に鷗外にも親しみだした。やがて、もっぱらドイツとの関係で語られる鷗外だが、フランスとの絆がなかなか強いことも見えてきたのである。

　ジャク先生の父、つまり森茉莉の結婚相手・山田珠樹もフランス文学者だった。茉莉は新婚時代、珠樹とパリ生活を満喫した。娘夫妻がフランスと縁があったばかりではない。鷗外自身の作品にフランス趣味がはっきり見て取れる。たとえば『渋江抽斎』を開いてみよう。江戸の医師にして考証学者であった抽斎に共感を寄せて、鷗外は記す。「もし抽斎がわたくしのコンタンポランであったなら、二人の袖《そで》は横町の溝板《どぶいた》の上で摩《す》れ合ったはずである」

　突然「コンタンポラン」といわれても戸惑う読者が多かったのではないか。「同時代人」を意味するフランス語である。その他、江戸の教養人の足跡を辿る『渋江抽斎』には、「エラルジック」（紋章学）「マニュスク

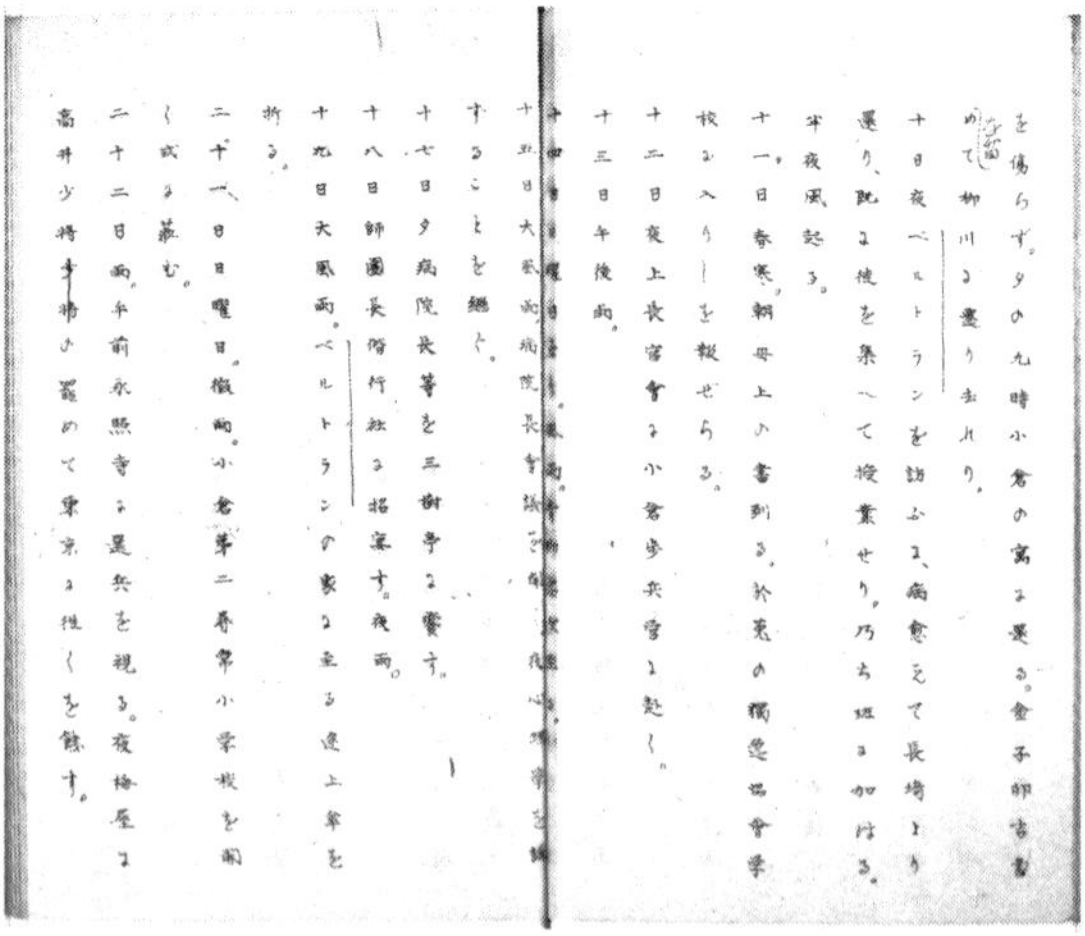
十日夜ベルトランを訪ふに、病愈えて長崎より
半夜風起る。
十二日夜上長官會に小倉歩兵営に赴く。
十三日午後雨。
十七日夕病院長等を三樹亭に饗す。
十九日大風雨。ベルトランの家に至る途上傘を折る。
二十一日日曜日。微雨。

『小倉日記』の浄書（他筆）。左ページ5行目の1901（明治34）年4月19日の項に「大風雨。ベルトランの家に至る途上傘を折る」と記されている（文京区立森鷗外記念館所蔵）

リイ」（草稿）「アプロクシマチイフ」（概略的）等々、なぜかカタカナ書きのフランス語が頻出するのだ。

そこには小倉時代の学習が大きく影響しているのではないか。一八九九（明治三十二）年の小倉転勤が鷗外の人生上、転機をなしたことはよく知られている。『小倉日記』（ちなみにジャク先生は、これをうっかり「おぐら日記」と読んでしまったことがあるとエッセーで書いていた）を見ると、この時期、「仏蘭西宣教師ベルトラン」のもとに「日ごとに往いて仏蘭西語を学ぶ」とある。ベルトランはやはり九九年に、フランスから小倉の教会に着任してきた。陸軍第十二師団軍医監・森林太郎は四十歳近くになって、仕事とは何の関係もないフランス語会話の勉強に熱を入れ始めたのだ。日記には「大風雨。ベルトランの家に至る途上傘を折る」という記述も見える。悪天候の日も休まなかったのだろう。立派な精勤ぶりである。

必ずしもおのれの意思にはそぐわない転勤を機に、鷗外はぐっとフランス寄りになった。フランス語学習を楽しみ、かの地に遊ぶ心地を味わうことで、官吏としての日常とは別の世界を確保したのである。その結果、作品にはフランス語がちりばめられることとなった。フランス語の響きそのものに喜びを感じていたことが、カタカナ表記からうかがえる。

そのうち、小説のヒロインまでもがフランス化した。それが『青年』である。名前からしていかにもうぶで真面目な主人公、「純一」青年を、人妻・れい子は「あなたフランス語をなさるのなら、宅に書物がたくさんございますから、見にいらっしゃいまし」と誘う。そのれい子について純一は「オオドのやうな女」だと感じる。これまた読者にとってはなかなか不親切な記述だが、「オオド」はベルギーのフランス語作家カミーユ・ルモニエの長編小説『恋する男』（一八九七年、邦訳なし）に出てくる未亡人である。鷗外はそのなまめかしくも放縦なヒロインを自作に招き入れ、大事な主人公に接近させたのだ。

作家人生の後半、彼の精神はフランスの言葉や文学の刺激によって大いに活性化された。そのことが作品の随所に、いたずらっぽい痕跡を残している。外国語と自国語のあいだを自在に行き来するいきいきとした運動感覚こそは、鷗外作品の特質であり続けた。

Keyword

『渋江抽斎』『青年』

『渋江抽斎』は１９１６（大正5）年1月から5月まで計１１９回にわたって東京日日新聞と大阪毎日新聞（現在の毎日新聞）で連載された。弘前藩医で考証学者の渋江抽斎の生涯のみならず、彼の死後に残された妻ら家族をも丁寧に描いている。鷗外が晩年に力を入れた史伝であり、鷗外文学の最高峰の一つとも称される。

『青年』は10（明治四十三）年3月から1年半にわたって、雑誌「昴」で連載された長編小説。夏目漱石の『三四郎』に刺激されて書いた作品として知られ、主人公が地方出身者であるなど共通点もみられる。

美青年で小説家志望の小泉純一と、大学教授の未亡人ら複数の女性との恋愛模様が描かれている。

散歩から生まれた名作

川本三郎
評論家

東京散歩や町歩きが盛んになっている現在から考えると不思議だが、江戸時代には散歩という風習はなかった。

隠居はともかく大の男が昼間からぶらぶら町を歩くことなど無用のこととされた。「犬の川端歩き」と軽蔑された。

大佛次郎は「散歩について」という随筆で書いている。江戸時代には散歩など「はしたない」行為であった。ぶらぶら歩きは、遊び人か犬のすることでまともな大人のすることではなかった。身分制度の厳しい時代、そんな遊びは武士にも町人にも許されなかった。

それなら、いつ散歩は始まったのか。大佛次郎によれば「散歩は、やはり西洋人が来て教えた」。散歩は近代のものだった。散歩は精神的にも時間的にも余裕がないと出来ない。だから明治になって散歩を楽しむようになったのは学生や知識人、高等遊民と呼ばれる人たちだった。

今日、町歩きのエッセーがたくさん出版されているが、その嚆矢《こうし》は大正四（一九一五）年に出版された永井荷風の『日和下駄　一名東京散策記』である。荷風は子供の頃から学校に通う折に散歩を楽しんだ。さらにアメリカ、フランスに遊学し、西洋人が散歩を習慣にしているのを知り、『日和下駄』を書いた。

当時はまだ散歩をする人間は少なかったからだろう、荷風は、どうせ自分は「隠居同様の身の上」だから「市中のぶらぶら歩き」をするようになったと自嘲して書いている。大佛次郎の「散歩は、やはり西洋人が来て教えた」という説を裏付けている。

◇

荷風より先に散歩を描いた文学者がいる。荷風が終生敬愛してやまなかった森鷗外。鷗外の小説『雁《がん》』は、明治四十四（一九一一）年から大正四年に書かれているが、小説の舞台は明治十三（一八八〇）年の頃。現在でいう東京大学医学部の学生、岡田と、上野の不忍池に近い無縁坂に住む囲われ者（妾《めかけ》）のお玉との悲しい恋物語だが、二人が出会うのは、岡田が毎日のように「散歩」をしていたから。

鷗外は「岡田の日々の散歩は大抵道筋が極《き》まっていた」と「散歩」という言葉を使って

いる。岡田は当時のエリートであり、高等遊民でもあるから毎日、散歩を楽しむ余裕がある。東大近くの下宿から無縁坂を下り、不忍池に出て上野の山をぶらつく。それから湯島天神のあたりを歩いて本郷へと戻る。

明治の早い時期の散歩者である。この散歩する岡田を見かけたお玉は、ひそかに恋心を抱く。しかし、東大のエリートと囲われ者では始めから住む世界が違う。お玉の恋ははかなく終わる。

自由に散歩の出来る学生の岡田と、妾という立場だから自由に散歩も出来ないお玉。『雁』は散歩者と非散歩者の違いをよくあらわしている。

◇

この違いですぐに思い浮かべる小説はないだろうか。言うまでもなく、昭和十二（一九三七）年に発表された永井荷風の『濹東綺譚《ぼくとうきだん》』。

荷風自身を思わせる老作家の「わたくし」が、隅田川の東（濹東）にある、私娼《ししょう》の町として知られた向島の玉の井で知り合った心ばえのいい娼婦、お雪と親しくなり、しばし心を通わせる物語。

散歩好きの荷風は昭和十一（一九三六）年頃、次第に軍国主義化してゆく時代に抗《あらが》うように、東京の片隅のひかげ町へとしばしば足を運んだ。

その隠れ里探索から『濹東綺譚』が生まれた。『雁』が、森鷗外の散歩から生まれているのと似ている。

そして、『雁』と同じように、『濹東綺譚』も、男女は別れてゆく。散歩者である「わたくし」と一種の籠の鳥である娼婦のお雪とは、住む世界があまりに違うのだから。

鷗外の『雁』と荷風の『濹東綺譚』。

ともに散歩から生まれた名作だが、そこには散歩者の断念と、非散歩者の悲しみがこめられている。

Keyword

鷗外『雁』、荷風『濹東綺譚』

森鷗外の『雁』は雑誌「昴」での連載を経て、１９１５（大正4）年5月に単行本化し、完結した。

美男の医学生、岡田と高利貸の妾であるお玉のすれ違いを描いた。終盤に不運な死を遂げる雁が象徴的に登場する。

『濹東綺譚』は当時50代後半だった永井荷風が、１９３６（昭和11）年に執筆した。翌年、現在の朝日新聞の夕刊で連載され、同8月に岩波書店から単行本が刊行された。

50代後半の小説家、大江匡が東京・向島の玉の井で20代半ばの美しい女、お雪と出会い、足しげく通い始める。

両作ともこれまで映画やテレビで、繰り返し映像化された。

意志的な女性の幸福な晩年描く

中島京子
作家

好きな鷗外作品に『ぢいさんばあさん』を挙げたい。この作品が、しっかり取り上げられることは、あまりないような気がするからだ。

結婚したものの、夫がつまらないことで喧嘩して相手を死に至らしめ、知行は没収、遠国へ追放される。三十七年後に、恩赦があって再会、静かな晩年を過ごす老夫婦の話で、夫の「事件」と、その後の顛末が、きびきびした文体で語られる。

以前、これが、「なにがあっても生涯、夫に仕える封建時代の女性の美徳を描いた作品」だという説があると聞いて、のけぞった。

いやいや、いくらなんでも、そうは読めない。むしろ、意志的な人生を自ら選択しワーキングウーマンとして生涯をまっとうした、近代的な女性「るん」の物語と読める。

「るん」という名前もいい。史実があるので、実際彼女の名は「るん」なのだが、現代を生きる読者には、弾む心を表す擬態語を思わせる。

るんは、十四歳で武家に奉公に出て、十四年間勤めあげた実績がある。結婚したのは二十九のときだ。遅い結婚に思える。しかし一つ年上の伊織は、「武芸が出来、学問の嗜《たしなみ》もあって、色の白い美男」だった。文武両道、加えて美形。るんは伊織に惚れてしまうのである。

伊織の欠点は癇癪《かんしやく》持ちであること。るんの目の届かなかった京都出張中に、この夫がやらかした。

伊織という人物は、あんまり魅力的ではない。るんがこの男を好いたという事実だけが物語に説得力を与えるのであって、後先考えない伊織の行動を、作者の森鷗外だって評価しているとは思えない。作家・森鷗外は、基本的に登場人物にやさしい。倫理的なジャッジをしない。『阿部一族』の細川忠利も、あの『山椒大夫』の人買い大夫さえ、「そういう人間もいるだろう」と一定の理解を促すような書き方をする。だから決して伊織ばかりを責めたりはしないが、褒めてはいないし、肩入れもしていない。

ただ、るんには少し、肩入れしているような気がする。るんは、伊織の祖母と、流行病で死んだ幼い息子を葬ると、武家奉公で生きようと思い立つ。そして、筑前国福岡の領主・黒田家に雇われ、三十一年の長きに亘《わた》って勤め上げる。領主の四代の奥方に仕え、たいへんな出世をして、「表使格《おもてづかいかく》」となり、隠居の際には「終身二人扶持《ににんぶち》」を貰うのである。人が二人食べていけるだけの、終身年金だ。

　夫が罪を犯して遠国に追放され、お家断絶になったとなれば、離縁して他家へ嫁ぐほうが一般的な身の処し方だったのではないだろうか。出家するという手もある。もう一度結婚するには年齢が行き過ぎていたのかもしれないが、十四歳から働いて生きていたるんには、勤めに出るほうが自分らしい選択だったのだろう。るんが抜擢された「表使格」という役職がどれほどの重役かイメージできないのが歯がゆいが、よっぽど有能な奥女中だったに違いない。

　隠居したるんに、将軍家斉から褒賞がある。「永年遠国に罷在候《まかりありそろ》夫の為《ため》、貞節を尽候《つくしそろ》趣聞召《おもむききこしめ》され」「銀十枚下し置かる」。この一件が江戸で評判となり、伊織とるんの物語が後の世にまで伝わったらしい。それがおそらく、冒頭に書いた「封建時代の女性の美徳」説の根拠なのだろう。

　しかしこれは、次男・家慶の婚儀が近いので、縁起のいい鴛鴦《おしどり》夫婦の話を探していた将軍の耳に、「黒田の隠居した奥女中は四代の奥方に仕えた切れ者で、終身二人扶持を賜った。しかも夫は遠国にいて、二夫にまみえぬ貞女だそうだ」というような評判が聞こえてきたのではないだろうか。「癇癪持ちで朋輩《ほうばい》を叩《たた》き切った男と離婚せずにいた」なんてことに褒賞が出たわけではないと思うのが道理だ。

るんは、仕事のできる人だった。しかし、できる人ができる人を好きになるとは限らない。むしろ、なぜ、あれほどの人が、と言われながら、どこか未熟な人間とくっついてしまったりするのは、よくあることだ。そして、完璧な人間なんて、まず、いない。

るんが、隠居していた安房からいそいそと出てきて、大好きな伊織と暮らし始める描写を読むとほっこりする。

森鷗外が書いたのは、生涯を意志的に生きた働く女性と、その女性に愛された不器用な男の、長くはないと思われる、しかし、幸福な晩年である。

Keyword

『ぢいさんばあさん』

『ぢいさんばあさん』は1915（大正4）年9月1日発行の文芸誌「新小説」に掲載された短編。

東京・麻布龍土町にある三河国奥殿の領主、松平乗羨《のりのぶ》邸内の修復された空き家に老夫婦が移り住んでくる。癇癪持ちの夫、美濃部伊織は妻るんとの結婚後、京都の出張中に友人を斬ってしまい、越前国に追放される。残されたるんは祖母と病気の息子をみとった後、筑前国福岡の領主黒田家の女中として31年間勤める。その後、江戸に帰ることを許された伊織はるんと37年ぶりに再会する。

江戸後期の文人、大田南畝《なんぽ》の随筆『一話一言』の収録作をもとに執筆したことで知られる。鷗外作品を原作にした歌舞伎の演目としても人気がある。

映像化された名作たち

遠田潤子
作家

映像化された鷗外作品は多い。『雁』『舞姫』などがあるが、最も有名なのは、ベネチア国際映画祭で銀獅子賞を受賞した溝口健二監督の『山椒大夫』だろう。

許されぬ殉死を巡る悲劇を描いた『阿部一族』も何度か映像化されている。監督によって原作の切り取り方が違って、比較しながら観ると非常に面白い。

一九三八（昭和十三）年公開、熊谷久虎監督の映画は「昼寝を終えて腹を切りに行く男」のエピソードからはじまる。ここは原作でも非常に印象的な部分だ。釣り忍につけた風鈴がかすかに鳴り、手水鉢《ちょうずばち》の柄杓《ひしゃく》にはやんまが止まっている。そんな穏やかな日、妻が昼寝をしている夫を起こす。目覚めた男は「ひどく気分が好《よ》うなった」と言い、「心静かに支度をして」、「腹を切りに往《い》った」のだ。

映画ではここをさらに膨らませて描く。男は目覚めた後、軒に吊《つる》した風鈴に息を吹きかけて鳴らし、笑ってみせる。残された母と妻を思いやるのだ。また、原作にない鷹《たか》狩りの場面が追加されている。大勢の勢子《せこ》が声を上げながら獲物を追って山を駆け上がる、大がかりな撮影だ。そこで、狩り装束の藩主は阿部一族が屋敷に立てこもった、という報を聞く。藩主の返事はただ一言、「よきにはからえ」だ。この無責任な言葉で阿部一族の運命は決する。

なぜ、大勢のエキストラを使ってまで原作にはない場面を強調したのか？　一九三八年は国家総動員法が出た年で、日本は絶望的な戦争へと突き進もうとしていた。この「よきにはからえ」という台詞は、誰も責任を取らない権力に流されていく恐怖を示すものとも受け取れる。映画人のせめてもの抵抗ではないか、と思うのだ。

この映画は焼け落ちた阿部の屋敷に佇む女の姿で終わっている。物語のはじまりが夫を起こす妻であったのと対になっているのだ。

次に、一九九三（平成五）年に深作欣二監督が撮ったテレビドラマがある。深作監督は「仁義なき戦い」「柳生一族の陰謀」で知られ、この作品でもアクの強い演出がされている。藩主と大目付の林外記は白塗りで、わかりやすい悪役だ。冒頭、亡くなった藩主が荼毘《だび》に付される場面で、藩主の可愛がっていた鷹の殉死が描かれる。原作では鷹は井戸に飛び込んで死ぬ。「鏡のように光っている水面は、もう元の通りに平らになっていた」と静かな描写だ。この入水《じゅすい》という方法は『山椒大夫』の安寿を思い出させる。鷗外は「沼の端で」「小さい藁履《わらぐつ》を一足拾った」「それは安寿の履であった」とだけ書く。やはり静かである。

一方、深作版の演出は正反対だ。鷹は水ではなく、自ら荼毘の炎の中に飛び込んでいく。そして、みなが慌てふためく様子がスローモーションで強調されるのだ。一九三八年版では鷹のエピソードは台詞として語られるのみで、実際の描写はない。一方、深作版では昼寝を終えて腹を切りに行く男は描かれない。

エピソードの取捨選択という点で二本は対照的だが、共通点もある。原作にはない「子供」の描写だ。一九三八年版では庭で遊ぶ子供の無邪気な歓声が、物語が進むに従って不快なものへと変容していく。深作版では全滅した屋敷に転がる子供の死体が、血まみれの玩具と共に映される。容赦ないシーンだ。

原作はこう締めくくる。阿部の次男弥五兵衛の胸を槍《やり》で突いた又七郎は、その見事さで大いに面目を施した、と。だが、又七郎が晴れ晴れとするはずがないことを知っているので、読者は複雑な心境になる。その点、深作版のラストでは又七郎が藩主に痛烈な言葉を返し、この映画の見所の一つになっている。観客はカタルシスを味わうことができ、胸がすっとするのだ。
　だが、原作の持つもやもやした部分が鷗外らしさでもある。『山椒大夫』でも同じだ。山椒大夫は奴《ぬ》卑《ひ》を解放し、いよいよ富み栄えた、と鷗外は書く。書かずともよい、少々胸くその悪い後日譚を付け加えずにはいられなかったところに、自分は惹かれてしまうのだ。

Keyword

『阿部一族』

『阿部一族』は1913（大正2）年1月1日発行の雑誌「中央公論」に掲載された短編の歴史小説。1641（寛永18）年、肥後の藩主、細川忠利が56歳で病死する。殉死を許された18人の家臣が後を追うが、家臣の阿部弥一右衛門は殉死が許されず、新しい主君に仕える。だが、周囲の批判が強まり無許可で切腹。弥一右衛門の遺族は冷遇される。嫡子の権兵衛が忠利の一周忌で自らの髻《もとどり》を切り、仏前に供える。言動を不快に思った主君が権兵衛を縛り首にしたため、阿部一族は屋敷に籠城《ろうじょう》し討手と戦うが、全滅する。
　鷗外が参考にした資料「阿部茶事談」自体が脚色された可能性があり、本作は史実とはかけ離れているとされている。

日本文学支える柱

池澤夏樹
作家

文学史には両雄並び立つということが時おり起こる。

同時代にそう認識されるわけではない。時を経て、あの時代にはあの二人がいたのだとわかる。

尺度は後世への影響力。いかに多くの読者を得たか、それ以上にいかに後の世代の創作者の指針となったか。

実例を挙げればダンテとペトラルカ、バルザックとスタンダール、二十世紀ならフォークナーとヘミングウェイ。いや日本には紫式部と清少納言という好例があった（彼女たちを両雄と呼ぶのはおかしいか？　しかし両雌はもっとおかしい。ジェンダー問題である）。

近代文学史では森鷗外と夏目漱石。この二人が並んだのは奇跡だった。

ぼくの目に鷗外はまずもって啓蒙者《けいもうしゃ》と見える。西洋の文芸を自分で応用して小説というものを書いてみる。私小説を書き（たとえば『半日』）、自然主義を試み（『青年』）、市井の人々を描いて（『雁』）、たぶん飽きてしまった。そして歴史小説に行き、ついに史伝三作に至った。

それとは別に西洋文芸の紹介という任務を自分に課した。彼は優れた翻訳者であり、訳すべき作品の選別者であった。『於母影《おもかげ》』も『即興詩人』も文芸のための近代日本語の構築に寄与した。『諸国物語』という短篇小説のアントロギー（とここではドイツ語風に呼ぼう）はとりわけ楽しい。当時これを手にした小説家志望の人々の興奮が想像される。

石川淳がエッセーのどこかで、市電の中で向かいの席に鷗外漁史《ぎょし》が坐《すわ》っている

右：夏目漱石が森鷗外に贈った小説『門』（春陽堂、1911 年）
左：見返しには、漱石の直筆による「進呈　鷗外先生　著者」。脇には赤い字で、「明治四十四年一月四日見贈　鷗外漁史高湛」と鷗外の書き込みが残されている（いずれも文京区立森鷗外記念館所蔵）

のに気づいて、「先生、『正体』（原作はフォルメラー。奇天烈な話だ）について教えて下さい」と聞きたかったが臆して聞けなかったと書いている。

これらすべての文業を鳥瞰《ちょうかん》して、木下杢太郎は「鷗外はテエベス百門の大都である」と評した。古代エジプトのテーベはその偉容から「ヘカトンピュロス（百の門を持つ都）」と呼ばれた。鷗外を知るには多くの入り口がある。

一方、夏目漱石も近代小説の形式を模索した。

知識人の日常と交友を書いた『吾輩は猫である』のような漫文から始めて、軽い愉快な『坊っちゃん』を書き、『三四郎』では学生を主人公に文明論を扱い、謎の女が出てくる『草枕』を書き、ファム・ファタール（運命の女、致命的な女）を中心に置いた『虞美人草《ぐびじんそう》』を書いた。彼はずっと自分にふさわしい主題を求めて彷徨《ほうこう》していたように思われる。

やがて近代社会における人間どうしの関係の核として三角関係に至る。

もともと関心はあったのだろう。『猫』と同じ年に出した『薤露行《かいろこう》』はアーサー王伝説を下敷きにしている。円卓の騎士の一人ランスロット卿とアーサー王、その妃《きさき》のギニヴィアの物語。もとの話では彼女を呼び寄せる使者として王はランスロットを派遣する（『古事記』ならば仁徳天皇と弟のハヤブサワケ、参内《さんだい》を請われたメドリ、がまったく同じ関係である）。その帰路、媚薬の誤飲から二人は恋に陥る。ギニヴィアはそのまま王妃に収まるが、しかし二人の仲は続く。周囲で疑惑が生じる。

漱石は実に凝った擬古的な文体を用いている（ぼくには義太夫の節に乗るように思える）。しかも女の数を増やしてストーリーを複雑にした。女を一人増やしたのだ。シャロットとエレーンと二つの名があるが実は一人らしい。

古典を下敷きにした上で大胆な実験を試みる。まさにモダニズム文学の王道であり、鷗外が達し得なかった境地だ。

『薤露行』は後期の傑作『それから』に繋がっている。

代助と三千代、平岡がランスロットとギニヴィア、アーサー王に重なる。大事なのは三千代が平岡の妻になる前に代助と未然の恋の仲にあったことで、これは伝説そのまま。その上に個人として立つ生きかたを探る代助の苦闘と勇敢な決断が書かれる。

ほぼ同じ主題が『こゝろ』では更に深まる。先生と静とK。これは欺瞞による恋人の奪取という罪の物語であり、読者は自分の魂の深い井戸を覗くような思いに駆られる。暗い中に映っているのは自分の顔だ。

鷗外と漱石、今も日本の文芸という高楼を下から支える二本の太い柱である。

Keyword

二人の文豪

『諸国物語』は１９１５（大正４）年に国民文庫刊行会から刊行された森鷗外の翻訳短編小説集。08年から13年にかけて翻訳したフランスやオーストリア、ロシアなどの作品全34編が収められている。

『薤露《かいろ》行《こう》』は05（明治38）年11月に雑誌「中央公論」に掲載された夏目漱石の短編小説。

鷗外と5歳年下の漱石は生前、交流があった。１８９６（明治二十九）年に共通の知人だった正岡子規の句会で初対面し、その後も3回顔を合わせたほか、書簡や自著を送りあった。鷗外が暮らした東京・千駄木の借家に、留学先のロンドンから帰国した漱石が転居したこともあった。漱石の『三四郎』を意識して、鷗外が『青年』を執筆したことは有名だ。

II

鷗外の翻訳

多数の翻訳作品

松永美穂
翻訳家

近代文学黎明期の作家たちのなかで、鷗外は翻訳作品の多さで突出しており、岩波書店の『鷗外全集』で翻訳のタイトル数を数えてみると、優に百二十を超える。しかも留学していたドイツのものに限らず、イギリス・フランス・ロシア・イタリア・デンマーク・ノルウェーなど、幅広い地域の作品が対象となっていることに驚く。鷗外はそれらをドイツ語からの重訳で訳していったが、目についた作品を手当たり次第に訳した印象がある。原作者にはゲーテをはじめ、シェイクスピア、イプセン、アンデルセン、トルストイ、ツルゲーネフなど、文豪たちの名が並ぶ一方で、鷗外が訳さなければ日本で読まれることがなかっただろう、現代ではほとんど無名の作家の名前もある。

官職につき、忙しい日々を送りながら、創作と翻訳に勤しみ、数多くの随筆や評論も残した鷗外。医学や軍事関係の文書も残しており、二十代後半から六十歳までの歳月を精力的かつ生産的に駆け抜けたことがわかる。翻訳しないまでも戯曲の梗概《こうがい》を何十本も紹介したり、海外の作家の評伝を書いたり、「椋鳥《むくどり》通信」でヨーロッパのできごとをこまめに紹介したり。今日なら特派員がこなすような仕事も続けていた。活字を読むのが大好きで、読んだら内容を紹介せずにはいられない。そんなサービス精神も感じさせる。

　鷗外の読書と翻訳のスピードは非常に速かった。たとえばゲーテの『ファウスト』を、陸軍軍医総監として多忙を極めた時期に翻訳している。日記によると明治四十四（一九一一）年七月三日に『ファウスト』の翻訳を依頼されているが、十月三日にはすでに「Ｆａｕｓｔ第一部譯稿を校し畢《おわ》る」とあり、さらに翌年の一月五日には「Ｆａｕｓｔを譯し畢る」とある。なんと、依頼

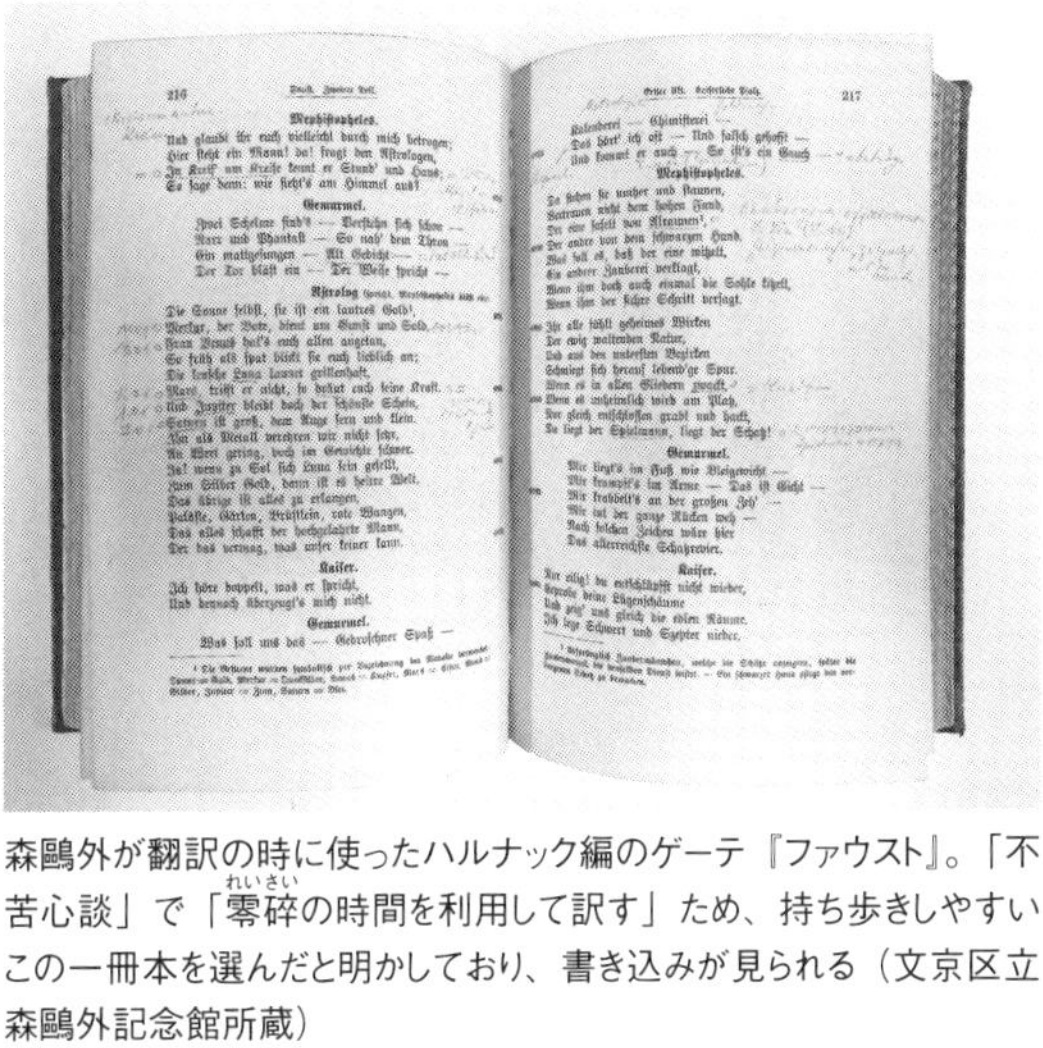

森鷗外が翻訳の時に使ったハルナック編のゲーテ『ファウスト』。「不苦心談」で「零砕《れいさい》の時間を利用して訳す」ため、持ち歩きしやすいこの一冊本を選んだと明かしており、書き込みが見られる（文京区立森鷗外記念館所蔵）

からわずか半年で翻訳が完了しているのだ。この戯曲は『鷗外全集』では八百七十頁もあり、行にすると一万二千行以上。本職の傍らこれだけの分量を訳せる鷗外の体力と知力に、ただただ感嘆せざるを得ない。

まさに超人的訳業だが、こうした鷗外の翻訳に対しては「誤訳」の指摘も多く、特に『ファウスト』はスキャンダルを巻き起こした。なかでも慶應大学教授だった向軍治《むこうぐんじ》はある雑誌のなかで、「森博士の独逸《ドイツ》語の力は中学三年生の程度に年功が加はつたと云ふだけ」と、鷗外の語学力を散々にこき下ろしている。また、『ファウスト』が上演された際には訳文に品がないという批判が噴出したようだが、これは当時の人々が『ファウスト』に格調の高さを求めすぎていたことにも原因があるらしい。

鷗外はその後、「譯本ファウストに就《つ》いて」と「不苦心談」という二つの文章を発表した。そのなかには翻訳をめぐる失敗談も記されていて、たとえば原作者の名前を入れずに出版したこととか、いろいろな人に誤訳の指摘を受けたこと、「敷居」とすべきところを「鴨居」とし、「花弁」とすべきところを「葉」と訳してしまった、といったことが正直に書かれている。鷗外は「不苦心談」のなかで、「当初から原文を素直に読んで、その時の感じを直写しようと思っていたのである」と述べつつ、指摘された箇所では「うっかり誤った」ことを率直に認め、読者に対して誤訳を見つけたら今後も指摘してくれるよう、呼びかけている。一方で「人間のする事業に過誤のない事業はない。書物に誤謬《ごびゅう》のない書物はない。飜譯に誤譯のない飜譯はない。ある筈《はず》である。それをあらせまいと努力するより外《ほか》ない」とも書いているが、翻訳家の端くれであるわたしは、この言葉にいつも慰められる。

当時は散々に批判された鷗外訳『ファウスト』だが、いま読んでも日本語があまり古びておらず、素晴らしい訳だと思う。舞台での上演を意識して会話が生き生きと訳されており、無駄がない。たとえば第一部の最後、処刑直前のマルガレーテを救おうとファウストが獄中に踏み込んだ際の迫真のやりとりなど。

ファウスト

お前の命を助けに。

マルガレエテ

いゝえ。いゝえ。わたくしは神様の御裁判に任せます。

メフイストフエレス（ファウストに。）

お出《いで》なさい。お出《いで》なさい。女と一しよに置いて行きますぜ。

マルガレエテ

天《てん》にいます父《ちゝ》よ。わたくしはあなたにお任せ申します。
お助《たすけ》下さい。天使の、神聖な群が、
どうぞわたくしを取り巻いて、護つてゐますやうに。
ハインリヒさん。わたくしはあなたがこはくてよ。

『ファウスト』の日本語訳は二十種類以上あるが、鷗外訳は現在も輝きを失っていない。

Keyword

『ファウスト』

『ファウスト』はドイツ人作家、ゲーテ（１７４９〜１８３２年）の戯曲。ドイツに実在した錬金術師ファウストの伝説を基に書いたとされている。

森鷗外はドイツ留学中だった86（明治19）年に読み始め、自身の翻訳本は１９１３（大正２）年に第１部５０７頁、第２部７９９頁をそれぞれ刊行した。その後、「譯本ファアウストに就いて」「不苦心談」の順で雑誌に文章を発表。『ファウスト』の訳業で苦労したエピソードや、翻訳に対する考えを率直につづっている。

鷗外のゲーテや『ファウスト』への思い入れは強く、伝説を考察した『ファウスト考』やゲーテの生涯をまとめた『ギヨオテ傳』も発表している。

文語体の古雅に酔う

森まゆみ
作家

『即興詩人』は森鷗外の翻訳の中でも有名な長編小説。話はややこしい。デンマーク人ハンス・クリスチャン・アンデルセンが一八三〇年代にイタリアを旅し、そこ舞台に描いた孤児アントニオの成長小説。ドイツ留学中の若き森鷗外がレクラム文庫で読み、翻訳を企てた。最初「しがらみ草紙」、さらに「目不酔草《めさましぐさ》」ともに訳載、明治三十四（一九〇一）年一月、「微雨、夜、『即興詩人』を訳し畢《おわ》る」と日記に記す。実に九星霜、この間は小倉に左遷中でもあり、他に創作はしていない。

「羅馬《ローマ》に往《い》きしことある人はピアツツア・バルベリイニを知りたるべし」が冒頭の一節。文語体の古雅に酔う。

ローマのバルベリーニ広場に母子家庭があった。アントニオという男の子は利発で可愛くて声が良かった。ジェンツァーノの花祭りの日、ボルゲーゼ公爵の馬車に母を轢《ひ》かれて孤児となったアントニオは、スペイン広場で乞食《こじき》の仲間に入れられそうになり、逃げてローマ郊外の穴居で育つ。奇《く》しくも水牛から公爵を助け、庇護《ひご》を受けて名門校に学ぶ。しかし親友のベルナルドオと歌姫アヌンチャタの愛を争い、ついに決闘して相手を殺したと錯覚し、南下する。「愛せられしは友なり」。その逃亡のスリル、初めて見た海、行く先々で起こる試練、そして「文して恋しく懐かしきアントニオの君に申上参候」と最期の手紙でアヌンチャタは実は自分を愛していたと知る。青の洞窟での遭難を逃れ、即興詩人となって、ベネチア市長の姪《めい》と結婚する。

　ご都合主義とも言いたくなるような波瀾万丈の筋書き、さらにイタリアの美しい風物が描かれて、まさに観光小説。

　若き頃より文語体を愛し、「即興詩人宣伝隊隊長」を自任する安野光雅画伯に「副隊長」に任命され、私はアントニオの後を追って五回もイタリアを訪ねた。驚愕《きょうがく》したのは、ちょんまげに刀を手挟んだ日本に生まれ、イタリアを見たこともない鷗外が、なぜイタリアの情景や風物をこれほど正確に訳せるのかということ。トレビの泉は「ここに古き殿づくりあり。（中略）河伯《うみのかみ》の像は、重き石衣を風に吹かせて、大なる滝を見下ろしたり」。現場そのままである。

石段は石級《いしだん》、祭壇は贄卓《にえづくえ》、モデルは雛形《ひながた》娘、ハム屋は枯肉舗《ひものみせ》。大きなスカートをたくしあげて踊る女を「裳《も》裾《すそ》を褰《かか》ぐ」といった工夫ある優美な文語体になっている。

これはPR誌『本』（講談社）に連載され、安野さんの表紙画は『繪本　即興詩人』として、私の文章は『「即興詩人」のイタリア』として刊行された。思い出深い旅である。闘技場コロッセウムやカラカラ浴場、地下礼拝堂カタコンベなど古代の遺跡も当時のまま、アントニオが通ったとされるイエズス会のリセもまだあった。一方、かつて観光地だったエジェリアの洞はすっかり草に埋もれていた。草むらからぴょんと飛び出してきたウサギのようなおじいさんに案内してもらったり、安野さんが長年探して見つからなかったバルベリーニ広場の銅版画を私が古書市で見つけたり、ボルゲーゼ公のパラッツオ（館）とヴィラ（荘）が別物であることに気づいたり、と奇跡のような発見が多かった。安野さんは「NHKの番組でやってもこうはうまくいくまいよ」となんども言ったことである。

旅の途中で食べた伊勢海老のカルパッチョ、海苔のフリット、ほろ苦いプンタレッラのアンチョビーサラダ、レストラン手作りのワインの味も思い出す。

気づいたことだが、アントニオとベルナルドオの友情は『青年』に引き写され、考古学者夫人サンタは『青年』の坂井夫人にそっくり。鷗外は希代の名文家ではあるが、自分の想像力だけでフィクションを作ることは苦手だったのかもしれない。

なぜ、鷗外はこの小説を九年、倦《あぐ》むことなく訳せたのか。それはドイツ時代の彼の舞姫の恋人と、小説の歌姫アヌンチャタのイメージが重なっていたからではないか。

希臘《ギリシャ》の瓶を抜け出《い》でて文机《ふづくえ》の螺鈿《らでん》の上を舞ふ女かな

鷗外は再びヨーロッパを我が足で踏むことが叶わないと知っていただろう。そして愛しのエリスを夜の翻訳の仄暗《ほのぐら》い光の向こうに見た。私もイタリアの青い空、代赭《たいしゃ》色の建物の向こうに安野さんの朗らかな声や仕草を思い出す。

Keyword

『即興詩人』

『即興詩人』は、童話作家として知られるデンマーク人作家、アンデルセン（1805〜75年）の自伝的小説。鷗外は翻訳に9年の歳月を費やし、1892（明治25）年から1901（明治34）年に、38回にわたって雑誌連載された。

主人公アントニオと歌姫アヌンチャタの悲恋を描いた物語であり、鷗外が自らの青春を投影した翻訳作品とされる。当時の広告文には「即興詩人は、鷗外森林太郎氏の最近十年間の一面の事業なり」とうたわれており、鷗外の力の入れようが伝わってくる。

同作に触発されて「いのち短し　恋せよ乙女」の歌詞で知られる吉井勇作詞「ゴンドラの唄」が生まれるなど、当時の文化人に大きな影響を与えた。

文学以外の翻訳

大木 毅
現代史家

森鷗外が翻訳家としても高い評価を得ていることは論を俟《ま》たない。読者のなかにも、たとえば『即興詩人』の流麗な筆致に酔わされたという向きは少なくないであろう。しかし、鷗外は軍人の顔も持っており、文学以外の分野の翻訳にも大きな足跡を残している。現在までも世界諸国の用兵思想に影響をおよぼした名著、カール・フォン・クラウゼヴィッツの『戦争論』がそれだ。

鷗外と『戦争論』の関わりは、明治二十一（一八八八）年にはじまる。この年の一月、ドイツ留学中だった田村（早川）怡与造《いよぞう》陸軍大尉は、同じくベルリンで学んでいた旧知の鷗外を訪ね、『戦争論』の講義を依頼した。当時、ドイツに派遣されていた日本陸軍将校の多くは、操典や教範等の理解、つまり戦術的な知識の習得に汲々《きゅうきゅう》とするばかりで、より高度な作戦指揮、ひいては戦争の本質といったことに思考を進める者は少なかった。そのなかにあって、田村はひとり、ドイツ兵学の真髄はクラウゼヴィッツの思想にあると見抜き、それを吸収せんとしたのである。のちに参謀次長として、日露戦争の戦略・作戦の策定をゆだねられた人物ならではの慧眼《けいがん》だったといえよう（田村は日露開戦の前年に急逝した）。

さりながら、『戦争論』は、その思考基盤をカントやヘーゲルの哲学に置いた難解な書物であり、たやすく理解できるものではない。そこで田村は、ドイツ語の達人で哲学にも造詣の深い鷗外に講義を頼んだのであった。「夜早川来る。余ためにクラウゼヰツツ Clausewitz の兵書を講ず。クラウゼヰッツは兵事哲学者とも謂《い》ふべき人なり。その書文旨深邃《しんすい》、独逸《ドイツ》留学の日本将校等能《よ》く之《これ》を解すること莫《な》し。是《これ》より早川の

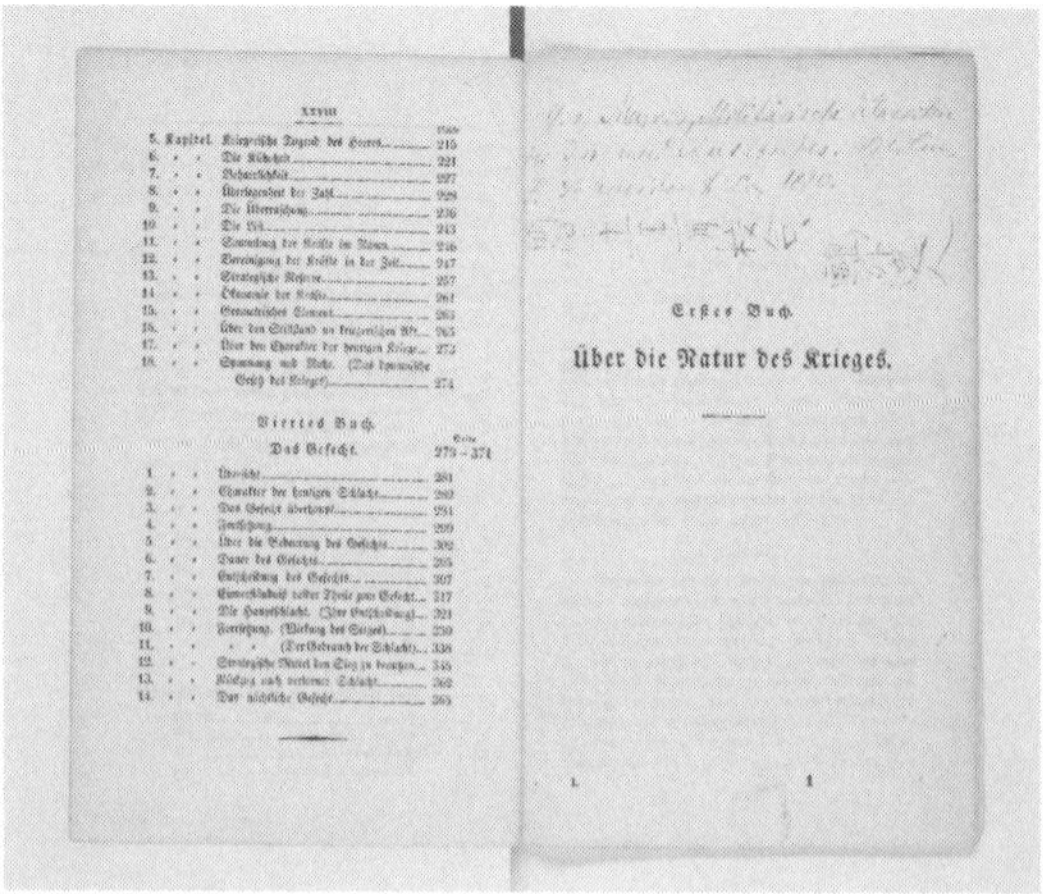

『戦争論』が収録されているクラウゼヴィッツの『遺稿著作集』第１巻。鷗外自身による「明治二十一年一月校合　鷗外逸人」との書き込みがある（「鷗外文庫」東京大学総合図書館所蔵）

ために講筵《こうえん》を開くこと毎週二回」（森鷗外『独逸日記』明治二十一年一月十八日の条《くだり》）。
田村と鷗外の『戦争論』をめぐる縁《えにし》は、二人が帰国したのちも続いた。現場の駆け引きにとどまらない、より高度な兵学を日本陸軍に導入するには、戦争の哲学である『戦争論』の日本語版刊行が不可欠だ。そう考えた田村は、鷗外に訳出を強く慫慂《しょうよう》した。その熱心さは、ながらく閑職への左遷とされてきた小倉第十二師団軍医部長への鷗外の転出も、実は『戦争論』翻訳の時間を与えるために田村が動いたのではないかとする説が出され、論争になっているほどだ。

いずれにしても、田村の希望の一部は実現されることになった。明治三十四（一九〇一）年、石版刷で『戦論』として刊行されたのに続き、同三十六年に『大戦学理　巻の壱　巻の弐《に》』が出版されたのである。残念ながら、これらは全訳ではなく、原書の第一巻第二章までを訳したにすぎなかったけれど、当該箇所は『戦争論』のエッセンスともいうべき部分であった。また、翻訳とは訳者の解釈を提示する作業でもあるから、鷗外のクラウゼヴィッツ理解を反映した、重要な仕事であったともいえる。

しかし――この鷗外の業績が十分に活用されることはなかった。田村怡与造の死後、日露戦争に勝った日本陸軍は、戦略次元においてこそ真価を発揮する『戦争論』を、あたかも作戦・戦術の原則を定めたハウツー本であるかのごとくに扱った。むろん、そのためばかりではなかろうが、結果として、日本陸軍が日中戦争や太平洋戦争で取った戦略は、作戦の延長にとどまり、戦争目的を定め、それに合わせて、いかに戦争指導を行うかという問題が真剣に討究されることはなかった。鷗外の遺産は継承されなかったのだ。

　示唆に富む事実ではある。まさにクラウゼヴィッツが論じた戦争の本質を思わせるような惨害に直面している今日、『大戦学理』の埃《ほこり》を払って再読することは、迂《う》遠《えん》なようではあるけれども、問題の本質を理解する助けとなるかもしれない。少なくともそれによって、鷗外の『戦争論』理解を生かすことができなかった日本陸軍の轍《てつ》を踏むことだけはまぬがれられるはずだ。

Keyword

『戦争論』

古典的名著として知られる『戦争論』は、プロイセンの軍人クラウゼヴィッツ（1780～1831年）が執筆した。生前には刊行されず、没後に妻マリーが手がけた全10巻の遺稿集のうちの最初の3巻にわたって収録された。

同書は、戦争について「政治の道具であり、彼我両国のあいだの政治的交渉の継続であり、政治におけるとは異なる手段を用いてこの政治的交渉を遂行する行為である」と指摘。「戦争は政治の延長」との見方を示した。

鷗外はドイツ留学中に同書を読み込んだ。第1巻の刊行から半世紀以上が過ぎた後、翻訳に着手。九州・小倉に赴任した、いわゆる「小倉時代」に終えた。

海外の短編小説の翻訳

北村　薫
作家

森鷗外は、海外短編小説の紹介者として、暗夜に灯火で道を示すような大きな仕事をしました。

太宰治は『女の決闘』を、「たとえば、ここに、鷗外の全集があります」と書き始めます。手にしているのは、翻訳の巻です。そして、宝箱の中を見せるように、鷗外訳の書き出しを並べます。綺羅《きら》星のごとくとは、まさにこのこと。ずらりと引きたい誘惑にかられます。しかし、枚数が許さない。最も短いものは――といえば、シュニッツレル（今流にいえば、シュニッツラー）の『一人者の死』。

「戸を敲《たた》いた。そっとである。」

どうです。つかまってしまうでしょう。

クライスト作『地震』の書き出しについて「この裂帛《れっぱく》の気魄《きはく》は如何《いかん》」と語る太宰の熱い調子など、一読忘れ難いものです。実際、私は半世紀以上経《た》っても覚えています。続けて太宰はいいます。

「まだ読まぬ人は、大急ぎで本屋に駈けつけ買うがよい、一度読んだ人は、二度読むがよい、買うのがいやなら、借りるがよい」

　こうやって、小説についての小説『女の決闘』が始まるのです。

　太宰治は、時を経ても新刊書店で著作の買える、まれな作家の一人です。今では、これを読んで初めて、鷗外訳の魅力を知る人も多いことでしょう。

　太宰は、実はここにホフマン作『スキュデリー嬢』の例も引いています。鷗外訳の題名は『玉を懐《いだ》いて罪あり』。中国古典から出た言葉です。「匹夫罪なし玉を懐いて罪あり」として、『故事ことわざ辞典』に載っています。今ではあまりなじみのない言葉ですが、それだけに古い時代を舞台とした物語にはふさわしく、味があります。

　アメリカの作家、トマス・フラナガンに『北イタリア物語』として知られる短編があります。訳者は宇野利泰ですが、昭和三十三（一九五八）年の初出時には、この題が『玉を懐いて罪あり』でした。無論、中国古典からとったのではなく、森鷗外の自在な言語感覚への敬意から選ばれた言葉でしょう。その頃にはまだ鷗外の翻訳短編が、小説を愛する人によく読まれていたことを示しています。

内容に即した、まことによい題なのですが、そのよさを味わえる読者が少なくなったことから、ありきたりのものにかえられてしまいました。

では、時代を太宰より前に巻き戻したらどうか。佐藤春夫は大正七（一九一八）年、『指紋』という短編を書きました。その頃を振り返った文章の中で、芥川龍之介と探偵小説談義をした思い出を語っています。その時、芥川は鷗外訳の『父の讎《あだ》』を、自分は『鑑定人』の名をあげたと語っています。

共に、今読んでも古びない魅力を持っている作品です。分かりやすくするため、あえて無理なことをいうなら、『父の讎』を脚色して『ゴルゴ13』シリーズの外伝に入れたら面白かろう——などとも考えられるのです。

芥川は大正二年の手紙の中で、鷗外の翻訳集『十人十話』を読んだことを語っています。中でも、前記の「戸を敲いた。そっとである。」という書き出しを持つ『一人者の死』を最も面白く読んだといっています。なるほど、発端の妙から、先の読めない展開、皮肉な人間像など、いかにも芥川好み——という感じがします。

芥川は、若い人への手紙の中で、鷗外の翻訳短編を読んでみるようすすめてもいます。ここにお手本がある——という思いからでしょう。

佐藤春夫は、東京堂版『鷗外選集』の解説で、『諸国物語』や『十人十話』の諸編こそ「嘘も隠しもないところ我々の青年時代の好い創作教科書となつて大正以後の日本文学の栄養素として日本の近代文学にさまざまな個性を覚醒させてさまざまな意匠をもたらさしめた酵母であつた。」と語っています。

鷗外の翻訳短編は、このような文学史的意義だけでなく、時を経た現代でもますます輝きを放つ、得難いものなのです。

Keyword

『女の決闘』

『女の決闘』はドイツ人作家、ヘルベルト・オイレンベルク（１８７６〜１９４９年）の短編小説。森鷗外の１９１１（明治四十四）年11月24日の日記に「女の決闘を譯《やく》し畢《おわ》る」と書き残されている。

ロシアの医科大学の女学生の元に、一通の手紙が届く。差出人は女学生と関係を持った男の妻を名乗る女からで、決闘を要求されていた。拳銃を持参の上、停車場に来るよう求めた差出人の女は決闘に向けて準備を進め、女学生に勝利するが、その後、監房の中で自ら絶食し命を絶つ。

太宰治は鷗外訳を素材に同名の小説を発表。鷗外の翻訳を分析するほか、女学生や女の夫の視点を書き加え、物語の世界観を膨らませている。

異なる世界観つなぐ翻訳

コリーヌ・アトラン

翻訳家、小説家

森鷗外の『山椒大夫』と『阿部一族』は一九九〇年に、私が初めて日本語から仏語に翻訳した文学作品だ。その後は現代文学の翻訳が専門になったため、明治・大正の作品を仏語訳する機会はほとんどなくなったが、鷗外文学は趣味で読み続けた。鷗外作品の仏語訳は、二四年に『高瀬舟』が極東専門の学術誌に掲載された。八〇年代以降になると、さまざまな翻訳家によって、さまざまな出版社から刊行された。『ヰタ・セクスアリス』（八一年）、『雁』（八七年）、『青年』『舞姫』（二〇〇六年）、『妄想』や『花子』を含めた短編集（一二年）など、今では多くの短編・長編・エッセーを仏語で読むことができる。私はいつも、初めて鷗外を読むフランス人読者には繊細な感情表現の傑作である『雁』を勧める。

鷗外の文体に私が惹かれるのは、心理、歴史、地理、いずれの分野にも共通する描写の精密さ、そして分析の巧妙さである。読者を自分の疑問や矛盾の目撃者にする点や、皮肉的かつ自嘲的で冷静な観察者の立場も注目すべきである。その距離をとった視点は母国語と外国語、そしてそれらが伝える文化を平等に扱う翻訳家特有のものだと思う。

鷗外は、東西を問わない広い知識を持った明治の学識者を「代表」するというより、「体現」している。日本語を使いながらも、普遍的な言語を探しているようだ。

平野啓一郎は「鷗外の遺言」という短いエッセーの中で、鷗外が晩年に執筆した史伝の文体を「漢文体の骨格に翻訳体の肉を纏わせたような文体」と評している。まさにその通りである。翻訳家というのは、異なる世界観を対立させるのではなく、両者の繋がりを作る、または回復することを目指す。鷗外は根本的にそういう「和解させるような翻訳家」の立場を取っていると思う。

フランスでヨーロッパの文化といえば、ドイツ圏よりも英国圏となじみが深い。当然、ドイツ人の日本文学の読者たちは、鷗外に親しんでいるだろう。しかし、古典的な日本文学を楽しむフランスのインテリ層の間では、漱石に親しみを感じてよく読む一方、鷗外については名前さえ知らない人々が少なくない。

仏語訳はさまざまな出版社によって、ばらばらに刊行されてきたため、鷗外文学の全体像が捉えにくいという理由がある。さらには、幅広いジャンルを手がけた鷗外の文体や着想の源の多様性も、彼をつかみにくい作家にしている。翻訳家による啓蒙的な序文が添えられているにもかかわらず、鷗外がどれほど日本近代文学の発展に寄与したのか、素人の読者には知られていない。

フランスで日本のサブカルチャーの人気が広がる中、日本の現実や歴史などにほとんど関心のない若い世代は、漫画や（最近流行の読後感が心地よい）「フィールグッド文学」やファンタジー小説しか読んでいないようだ。理想化された武士の世界のエキゾチックなイメージで満足している。こういう若い読者が、『阿部一族』『堺事件』などを知らないことは残念に思う。彼らにこそ、それらの作品を読む甲斐があるだろうに。

西洋は鷗外を再発見すべきだと思う。支配のできない力に操られ、社会の定めと歴史の渦に巻き込まれる人間の運命の哀しさは、国や時代を超えて今に通じる。鷗外が明治の読者に対して江戸時代のことを語ったように、大きく変動しているこの二十一世紀においても、彼の著作は個人のあり方について重要なことを教えてくれる。

鎖国の時代を除けば、日本は長い歴史の中で、世界に対して好奇心旺盛であり、異文化の考え方や世界観をどんどん受け入れながら、自国の文明を豊かにしてきた。自国の伝統を忘れることなく、外の世界に興味を持つ。そんな日本が誇るべき普遍性は、鷗外が作家として、または翻訳家として体現してきた姿と重なる。鷗外に代表される日本の能力が、今も将来もこの国の特徴であり続けることを心から願っている。

Keyword

外国語に翻訳される鷗外文学

鷗外文学は、ドイツ語や英語などの西洋圏に加えて、中国語や韓国語などアジア圏の言語にも翻訳され、世界中で愛読されている。それには、『舞姫』や『雁』などの近代小説だけでなく、晩年の史伝や歴史小説も含まれている。

外国語訳で早いものは、言語学者のイーストレーキ（１８５８〜１９０５年）による英訳『舞姫』がある。鷗外存命中の１８９４（明治二十七）年に雑誌「日本英学新誌」に発表された。一方、『舞姫』を巡っては、１９０８（明治四十一）年に二葉亭四迷（１８６４〜１９０９年）がロシア語に訳している。

アジア圏では、魯迅（１８８１〜１９３６年）が、『沈黙の塔』を21年に中国語訳したことが有名。生前、鷗外を尊敬していたことを自ら明かしている。

鷗外を訪ねる

東京

森鷗外がその半生を過ごした地、文京区千駄木。記念館が立つ場所は、鷗外の旧居「観潮楼《かんちょうろう》」の跡地だ。鷗外は1892(明治25)年から、亡くなる1922(大正11)年までの30年をここで過ごした。

観潮楼は、鷗外が30歳から60歳で亡くなるまで、家族とともに住んだ家。2階からは遠く海が見えたといわれ、鷗外により観潮楼と名づけられた。鷗外がひらいた歌会(観潮楼歌会)の会場としても使われた。石川啄木、斎藤茂吉、木下杢太郎なども来会したこの歌会では鷗外により西洋の最新の文学事情なども伝えられた。当時の文人たちのサロン的存在であった。

当時の面影を残すものとして、胸像、銀杏の木、門の敷石、三人冗語の石が現存する。

鷗外も見ていた銀杏の木と
文京区立森鷗外記念館

文京区立森鷗外記念館(外観)

文京区立森鷗外記念館

年間を通じてさまざまな企画展やイベントが開催されている。また、森鷗外の原稿・書簡・図書・遺品などの資料(遺品資料)や鷗外や文京区にゆかりのある文学作品、文学者に関する資料を収集。現在、約3千点の遺品資料、約6千点の森類旧蔵資料、約1万5千点の図書資料を収蔵している。

図書室では所蔵品データベースや研究書を調査研究のために閲覧することができる(要予約)。

[**所在地**]東京都文京区千駄木1-23-4

[**TEL**]03-3824-5511

[**開館時間**]10:00～18:00(最終入館は17:30)

[**休館日**]毎月第4火曜日(祝日の場合は開館、翌日休館／第4月曜日、第4水曜日が休館の場合あり)、年末年始及び展示替期間、燻蒸期間等

[**交通**]東京メトロ千代田線「千駄木」駅1番出口から徒歩5分

[**URL**]https://moriogai-kinenkan.jp/

鷗外文庫(東京大学総合図書館)

東京大学総合図書館が所蔵する「鷗外文庫」は森鷗外の旧蔵書で、約1万9千冊から成る。

このうち、鷗外の自筆写本や書き入れのある図書約270点については、「鷗外文庫書入本画像データベース」で見ることができる。

《鷗外文庫》https://www.lib.u-tokyo.ac.jp/ja/library/general/collectionall/ogai

[**所在地**]東京都文京区本郷7-3-1　東京大学総合図書館

[**TEL**]03-5841-2646(自動応答)

[**交通**]東京メトロ丸ノ内線・都営大江戸線「本郷三丁目」駅から徒歩10分

[**利用方法**]総合図書館の利用方法の詳細は事前にウェブサイトを確認してください。

[**URL**]
https://www.lib.u-tokyo.ac.jp/ja/library/general

＊展示、開館状況は変更になる場合があります。

藝術へのまなざし

III

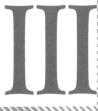

近代詩の父

高橋睦郎
詩人

　二〇一九年、第七十一回正倉院展を拝観した。令和元年即位記念ということで、正月子《ねの》日《ひ》、天皇の農耕儀礼用の手《て》辛鋤《からすき》、皇后の養蚕儀礼用の目利箒《めとぎのぼうき》をはじめ、見どころ多い展観だった。二度、三度、会場を巡りつつ、考えていたのは大正七（一九一八）年、帝室博物館総長兼図書頭《ずしょのかみ》として正倉院拝観の特例を開いた鷗外漁史森林太郎のことだった。もし鷗外の英断が無かったら、こんにち私たちは正倉院の収蔵品を見ることができなかったかもしれないのだ。

　鷗外の活動範囲は驚異的に広い。明治十四（一八八一）年、最年少の十九歳で東京大学医学部を卒業して軍医に任官、途中曲折はあったものの、陸軍軍医総監に任ぜられ、陸軍省医務局長に補せられ、軍医としての最高位に昇った。文学芸術面での活動の契機になったのは軍医任官三年後の衛生学研究のためのドイツ留学で、足かけ四年にわたる滞在中にふれた西欧の思想・文化への感動は、帰国後の歌人・国学者落合直文、井上通泰、鷗外の妹小金井喜美子らとの新声社結成、明治二十二（一八八九）年の訳詩集『於《お》母《も》影《かげ》』に結晶する。

欧米詩の翻訳にはそれより七年早く、外山正一らの『新体詩抄』があるが、その実体は詩歌以前・文芸以前というべく、わが国近代詩の歴史は『於母影』の発表とその影響から始まる、といってよい。『於母影』に収められた作品の翻訳は新声社同人たちのそれぞれに当てられているものの、同人中原詩が自由に読めたのは鷗外独り、たとえば当時十九歳の小金井喜美子訳となっている「ミニヨンの歌」もゲーテの原詩と音数律が対応しており、過程はともかく選出も翻訳も最終的には鷗外と断言していいだろう。

「レモン」の木は花さきくらき林の中に／こがね色したる柑子《こうじ》は枝もたわゝにみのり／青く晴れし空よりしづやかに風吹き／「ミルテ」の木はしづかに「ラウレル」の木は高く／くもにそびえて立てる國をしるやかなたへ／君と共にゆかまし

其《その》一・其二・其三から成る其一の六行だけだが、文語という障害を隔てても百三十年後の現在なお十分に新鮮だ。この新鮮な翻訳への驚きから島崎藤村らの新体詩は動きはじめたし、鷗外の志を継ぐ形での上田敏の訳詩集『海潮音』も生まれた。鷗外はわが国近代小説の父と讃《たた》えられることが多いが、私見を述べさせていただくなら近代小説の父である以前に近代詩の父なのだ。

じじつ、鷗外最初の小説『舞姫』の発表は『於母影』発表の翌年、明治二十三（一八九〇）年。ここでさらに私見を加えれば、鷗外初期の小説は『舞姫』も『うたかたの記』も『文づかひ』もきわめて詩韻に富み、これは文体と内容を深めつつ生涯最後『渋江抽斎』以下の史伝体にまで続く。鷗外は小説家である前に詩人であり、それが訳詩『於母影』を生み、『扣鈕《ぼたん》』その他の好もしい自作詩を齎《もたら》した。因《ちな》みに『海潮音』の名訳者上田敏の自作詩は一篇として読むに堪えない。

詩人鷗外は近代短歌についても大恩人で、明治四十（一九〇七）年以後、対立する明星派の与謝野寛、アララギ派の伊藤左千夫、竹柏会の佐佐木信綱らを自宅に集めて、短歌隆昌のための観潮楼歌会《かんちょうろうかかい》をしばしば催し、自分でも好詠を残している。一般に鷗外は短歌、漱石は俳句と言われ、たしかに漱石の短歌に見るべきものはないが、鷗外の俳句はなかなかそうではない。

元日や葉巻の箱をこぢあける
行春《ゆくはる》を只《ただ》べたべたと印を押す
虫干や甘んじてなる保守の人

秋来しかさながら冷ゆる夜の汗

雪の日や寐《ね》ほけた様な三味《さみ》の音

鷗外の漢詩も意外性においていささか漱石に劣るものの、捨てがたい。こう見てくると、正倉院拝観の特例を開いたのも、言葉とともに美にも卓《すぐ》れて敏感だった詩人鷗外の後世の私たちへの贈りものかもしれない、と改めて思う。

Keyword

『於母影』

『於母影』は森鷗外を中心とした同人による訳詩集。１８８９（明治22）年８月２日発行の雑誌「国民之友」の付録として収められた。

ゲーテやバイロン、シェークスピアなどを翻訳。西洋の詩を日本語の詩形に移し替え、原詩の持つ香気や情緒をどこまで伝えられるかに挑んだ。翻訳に当たって、鷗外が同人たちに原詩の意味を説明したとされる。タイトルの「於母影」は万葉集の「陸奥の真野の草原遠けども面影にして見ゆといふものを」（笠女郎）に由来する。

それまでは漢詩が主流だった詩の世界において、『於母影』は明治初期に創始された「新体詩」の成立に多大な影響を与えた。

歌人としての足跡

坂井修一
歌人

森鷗外といえば近代を代表する知識人文芸家だが、もともと彼は抒情《じょじょう》詩人としての資質を豊かに持っていた。

歌人としての彼の足跡は、日露戦争従軍時の作品集である『うた日記』（明治四十年）、文芸誌「明星」に発表した『一刹那』『舞扇』『潮の音』の連作群（明治四十〜四十一年）、「昴」に発表した『我百首』（明治四十二年）、そして最晩年の『奈良五十首』（「明星」大正十一年一月）に辿《たど》ることができる。

特に、『我百首』は、短歌という伝統詩に西洋象徴詩の息を吹き込んだ点で注目される。すでに鷗外は、『於《お》母《も》影《かげ》』（明治二十二年）においてゲーテ、ハイネ、バイロンらの詩を美しい和語に訳し、島崎藤村や薄田泣菫、木下杢太郎らに大きな影響を与えていた。『我百首』は、この流れの延長で、自らの精神生活を五七五七七に綴った大作だが、令和の今読んでも新鮮な感性・知性が横溢していて、私などを刺激してやまない。

　斑駒《ぶちごま》の骸《むくろ》をはたと抛《なげう》ちぬ
　Ｏｌｙｍｐｏｓなる神のまとゐに

ギリシャはオリンポスの神々の団欒《だんらん》のなかに、スサノオノミコトよろしく馬の死骸を投げ入れる。私はそんな蛮行をしてみせたのだよ、と詠う。

『我百首』冒頭のこの歌、これまで、文壇・詩壇に対する鷗外の挑発や自負の表明ととられてきた（小堀桂一郎・岡井隆等）。しかし、私は、これを、西洋文明に対する近代日本人のありよう、特にドイツ留学中にナウマンと論争などした自分の姿を象徴的に描いてみせた一首だと思っている。スサノオ対ギ

遊学のため渡欧する与謝野寛の送別会での集合写真。与謝野寛（前列左から6人目）と森鷗外（同4人目）のほか、観潮楼歌会に参加した吉井勇（同9人目）や北原白秋（後列左から8人目）、木下杢太郎（同9人目）らが集まった（文京区立森鷗外記念館所蔵）

リシャの神々の構図は、そう解釈するのが一番自然だと思うからだ。

　すきとほり眞赤に強くさて甘きＮｉｓｃｉｏｒｅｅの酒二人が中は

こちらは恋の歌。『Ｎｉｓｃｉｏｒｅｅの酒』は北イタリア産の赤ワイン。イタリアの小説を下敷きにして、甘やかな恋模様を描いたものと言われる。鷗外の脳裏には、『舞姫』のモデルといわれるエリーゼ・ヴィーゲルトがあっただろうが、上手にぼかしてある。妻の志げに訊かれたら、「無論、お前さんと俺のことだよ」と答えたのではないか。

　處女《しよぢよ》はげにきよらなるものまだ售《う》れぬ荒物店の箒《はゝき》のごとく

　勲章は時々《じじ》の恐怖に代へたると日々の消化に代へたるとあり

皮肉なユーモアをたたえたこんな歌もある。渋い大人の歌い方であり、しかも若々しくもある。そんなこんな、思わず苦笑しながら読み進めてしまう。

歌人の斎藤茂吉は、鷗外のこうした傾向を、「思想的抒情詩（ゲダンケン・リリーク）」と呼んだ。しかし、私は知識人の詩的随想と読むのが素直な鑑賞と思う。のちに鷗外は小説『鎚一下《ついいつか》』や史伝『渋江抽斎』で、自分のめざす〈社会の中の個人〉を明らかにしていくが、『我百首』はそうした思想が籠《こ》められた連作とまでは言えないだろう。

『我百首』の作品を創作していた頃、鷗外は千駄木の自宅で歌会を開催した（観潮楼歌会）。与謝野寛（鉄幹）・晶子夫妻、伊藤左千夫をはじめ、北原白秋、石川啄木、吉井勇、斎藤茂吉らが一堂に会し作品を披露・採点する会であり、浪漫・写実の両派が影響を及ぼし合ったことで知られる。これとは別に、山県有朋の意を受けて開催された旧派和歌の常磐会の幹事を長く務めたりもしている。

『我百首』発表から九年後の大正七年から十一年にかけて、森鷗外は、帝室博物館総長として、正倉院開封のために奈良を訪れた。このうち、大正十年まで三年にわたる訪問を、ひとつにまとめて記した連作が『奈良五十首』だ。鷗外最後の文学作品として知られる。

夢の国燃ゆべきものの燃えぬ国木の校倉《あぜくら》のとはに立つ国

貪欲のさけびはここに帝王のあまた眠れる土をとよもす

重厚な歌いぶりの中で、伝統文化を愛しつつ、当時の浮薄な世相との落差を観察する作者が見える。森鷗外は、こうした落差や社会矛盾に苦しみながら、自律的な個のありかたを模索し続けた人だった。

Keyword

『我百首』『奈良五十首』

「我百首」は1909（明治42）年5月に雑誌「昴《すばる》」で掲載された。その後、詩歌集『沙羅の木』に収録された。同書の「序」で、「長い月日の間に作つたものを集めたのでもなく、又自ら選んだのでもない。あれは雑誌昴の原稿として一気に書いたのである」と説明。また、当時を「（観潮楼歌会の）隆盛時代に当つてゐる」と振り返っている。歌会は毎月第1土曜夜、鷗外邸の観潮楼で開かれていた。

『奈良五十首』は22（大正11）年1月に雑誌「明星」で一挙掲載された。鷗外が18（大正7）～21（大正10）年の奈良出張の時に詠んだ短歌をまとめた。奈良滞在時には、自宅にいる子供たちへ向け、たびたび手紙も書いている。

短歌観の転換

今野寿美
歌人

歌を詠む作家であったという以上に、鷗外は歌人でもあった。みずからそう心得ていたし、その作歌姿勢は大いに意欲的で、生涯に一千首を超えるかとみられる短歌を詠み、新しい歌の表現を模索して、歌会を主宰することもした。

十代から和歌の道に親しんだ鷗外だが、その短歌観を一度ならず大きく転換している。その最初は日露戦争の戦地においてだった。

それより先、訳詩集『於母影』（明治二十二年）を手がけるなかで、日本の詩の要は韻律にあると確信したようだ。戦地では佐佐木信綱から餞別として贈られた『万葉集』を熱心に読み、長歌や仏足石歌《ぶつそくせきか》ほか九・九・九・五といった自前の定型詩まで多々試みている。

そして、伝統詩の小さな完結性をよしとする心のままに、しきりに歌を詠むなかで戦場を詠むこともした。十年前の日清戦争にも出征しているが、戦場の歌は残していない。

山縣有朋をはじめ軍人が詠んだ戦の歌は視野にあったろう。鷗外としては、詩歌による戦争文学の決定版を企図したものか、それだけ挑戦意欲に満ち、徹底的志向を思わせる。気概もなまなかでない。軍医部長として戦地にいる鷗外だが、意識は第二軍を率いる大将級と思えるほど勇壮で、軍の勝利を信じて疑わなかった。死を怖れぬ兵士になりかわって詠んだとみられる歌もある。それだけ戦地でなした詩歌は、詩型から内容から語りくちから、いたく多様かつ多彩となった。それらの詩歌を、鷗外は凱旋後『うた日記』（明治四十年）に収めて刊行した。

いくさらが　濺《そそ》ぎし血かと　わけいりて　見し草むらの　撫子《なでしこ》の花

ここでの「いくさ」は兵士のこと。戦闘ののち、草むらの赤い撫子を兵士の痛ましい痕跡であるかと見た一瞬から、それが花の色であると知って安堵するまでを一首に収めている。その叙述の手際は鮮やかで、戦場を映し出しつつ情味が濃い。それでいえば、詩人の感性に発しているなりたちである。戦地での詩歌にも鷗外の意識の振幅は如実だ。

一方、陣中で新しい短歌について思索するうちに、鷗外は当時の歌壇の和歌から近代短歌への革新運動に注目し、運動を飛躍させた与謝野晶子の『みだれ髪』（明治三十四年）に深い関心を寄せるようになる。評判になったころは何の関心もはらわなかった晶子の歌を戦地に取り寄せてとことん読み、やがて模倣までして新派の手法を摂取するのであった。

夕風に　袂《たもと》すずしき　常磐橋　上りの　汽車は　なほ妬《ねた》かりき

これも『うた日記』にみえる歌だが戦地詠とはまったく趣を変え、「袂すずしき」という衣裳の取り込み、「妬かりき」という女心ふうの心情の屈折、「夕風」も「なほ」もオール晶子調といったふうの優美な歌だ。「常磐橋」は小倉にある橋だから、かの時代の自身の心理に即した趣旨ではある。そこはさすがに鷗外の才覚というほかない。

戦地から帰ると早々に千駄ケ谷の与謝野家を訪ね、これを機に鷗外は新派歌人を以て任じ、夫妻の発行雑誌「明星」、またその後継雑誌「昴」にもたえず寄稿するほど熱を傾けた。「昴」第五号（明治四十二年五月）には大作『我百首』を発表している。

書《ふみ》の上に寸ばかりなる女《をみな》来てわが読みて行く字の上にゐる

読書のじゃまをする愛らしい女人は、記憶に薄れない一人のあえかな形代《かたしろ》だろうか。

明治四十年三月から鷗外は自宅二階で月例の歌会「観潮楼歌会」を開く。信綱や伊藤左千夫、与謝野寛（鉄幹）のほか若手の北原白秋、石川啄木、木下杢太郎らに加え上田敏、石井柏亭も顔を見せるなど、ひと頃は大いに隆盛した。ただ、競詠して点を入れ合う流儀がうまく機能しなかったものか、会は先細りとなり、明治四十三年四月、与謝野晶子が初めて出席したときの参会者は三人のみ。鷗外は歌会をやめて聞香《もんこう》や双六に興ずる。やや寂しい幕切れであった。

『我百首』にまつわる鷗外ならではの西欧的華やぎも、やがて影をひそめていった。

Keyword

鷗外『うた日記』、与謝野晶子『みだれ髪』

『うた日記』は１９０７（明治40）年9月15日に春陽堂から刊行された。日露戦争に従軍し、激戦に遭遇した鷗外は現地から家族や知人に宛てて詩歌を書き送り、帰国後に詩歌集としてまとめた。この一冊からは戦争に対する鷗外の姿勢が浮かび上がる。

一方、与謝野晶子の最初の歌集『みだれ髪』は01（明治34）年、東京新詩社と伊藤文友館の共版で刊行された。雑誌「明星」に掲載された作品を中心に、３９９首を収録。女性の恋愛感情を率直に歌い、反響を呼んだ。

晶子は日露戦争中の04（明治37）年に反戦詩「君死にたまふこと勿《なか》れ」を発表した。不敬とする批判が出ていたことを、鷗外は認識していた。

美術界に残した足跡

川西由里
島根県立石見美術館専門学芸員

森鷗外は医学、文学の領域だけでなく、明治、大正期の美術界にも足跡を残した。美術家が登場する小説を執筆したほか、美術作品の批評を行い、東京美術学校や慶應義塾で美術解剖学、西洋美術史、美学を教え、さらには文部省美術展覧会（文展）の審査委員や帝国美術院長（初代）も務めた。また、美術家の友人も多かった。

鷗外は『舞姫』で小説家デビューをするより前に、美術批評を始めていた。美術に関わるきっかけを作ったのは、小説『うたかたの記』の主人公のモデルとなった洋画家、原田直次郎だ。留学先のドイツ・ミュンヘンで知り合い意気投合した二人は、帰国後も歩調をあわせ、日本での洋画普及に尽力した。国粋主義の風潮から日本画が重視され、洋画が排斥されていた明治二十年代、鷗外は原田たち洋画家の活動を言論によって援護した。原田の作品を非難した論者に舌鋒鋭く切り返すこともあったが、鷗外が最も問題視したのは、偏りのある国の方針やジャーナリズムだった。

　こうした活動も、明治三十二（一八九九）年、早すぎる原田の死によって途絶する。また小倉への赴任や日露戦争出征も重なり、明治三十年代には美術に関する仕事は少ない。明治四十年に文展が開設されると、鷗外は洋画（のち彫刻も）の審査委員となった。この時、鷗外は四十五歳。原田と共闘した頃の熱血ぶりは影をひそめ、美術界を冷静に見つめるようになっていた。

　美術の領域においても権威と見なされる存在となった鷗外だが、若い美術家との対話も好んだ。大正四（一九一五）年発表の小説『天寵《てんちょう》』は、美術学校生、宮芳平《みやよしへい》（作中では「Ｍ君」）が、文展に落選したことに納得できず、その理由をきくために審査委員だった鷗外の自宅を訪ねた出来事を基に書かれた。

　苦学しながら純粋に絵と向き合い、独特の点描画を決死の思いで文展に出した「Ｍ君」に「私」は、「君がどう思ってあの画をかいたか」と問い、「私の知りたいと思った事を、一々具体的に尋ね」対話を重ねた。そして「私は君の芸術家としての意思を尊重する。私はすこしも君の画を嫌う念を有していない。君の画には公衆の好みに阿《おもね》った迹《あと》もなく、また大家の意を迎えた迹もない。しかし私は君の画に対して物足らぬ感じを抱いている。これは私の感覚が鈍いのかもしれぬが、画に欠点がないにも限るまい」と説く。最後には「君がこの度の落選に屈せずに、新しい作を出されるのを待っていよう」と温かく送り出した。小説のモチーフとなった出会いの後、鷗外は宮の作品を購入するなど援助をし、かつ家族ぐるみでの交際をもった。

また鷗外は、大正六（一九一七）年発表の「観潮楼閑話」において、彫刻家、高村光太郎と交わした議論の一部を次のように記した。

「君は多く捨てて少く取り、わたくしはこれに反しているだけである。それゆえ君の目から見れば、わたくしは泛《はん》なるが如《ごと》くに見ゆるであらう。君の愛する所の『全か無か』の如きは、わたくしと雖《いえども》又愛する」、「併《しか》し人の製作品を鑑賞することとなると、一歩退いて看《み》なくてはならない。そうでないと展覧会などは成立しない」。

宮も高村も、大正期の新思潮の中で新しい表現を模索した、鷗外から見れば次の世代だ。かつて原田とともに、血気盛んに論戦に挑んだ経験があるからこそ、若者たちの苛立ちも理解できたのだろう。表現者の一人として、美術家への共感も示されている。

その一方、「M君」に語った台詞《せりふ》からは、若い芸術家を育てようとする気持ちと、自分の判断に対する謙虚な姿勢がうかがえる。そして高村に向けた言葉からは、審査委員という立場で芸術振興を担う者として、たとえ生ぬるいと思われたとしても、客観的な態度で作品と向き合う姿勢が読みとれる。

こうした心構えが、展覧会運営や作品批評にとって重要であることは、今も変わりない。感情的、反射的な批判が飛び交い、「全か無か」を迫られがちな現代こそ、「一歩退いて看」る鷗外の態度に学ぶところは大きいのではないだろうか。

Keyword

『天寵』

『天寵』は１９１５（大正４）年４月１日発行の雑誌「ＡＲＳ《アルス》」に掲載された。東京美術学校（現在の東京藝術大学美術学部）の学生だった洋画家の宮芳平をモデルにした作品として知られている。

某展覧会の審査委員を務める「私」のもとに、同展に落選した美術学生のＭ君が訪ねてくる。その後、Ｍ君は父親を亡くし、実家からの仕送りが途絶えたため、経済的に困窮。文房具屋に住み込みで働きながらも、創作意欲は衰えず、苦しい生活の中で芸術の道を探求していく。「私」によるＭ君への助言や接し方は終始あたたかい。鷗外自身の若い芸術家に対する寛容な姿勢が伝わってくる。

今と違う演劇の通念

神山彰
演劇研究者

「鷗外と演劇」というと、難しく読みにくい演劇・劇場論や戯曲のことを考えがちである。だが、それが解《わか》りにくいのは、鷗外の博識や文体のせいだけでなく、演劇という通念が全く違うからなのだ。

今では観劇と言えば、切符を持って開演時間に合わせて電車やバスで劇場へ行き、水洗トイレへ立ち寄って空調設備整う客席に入り、電気照明で女優が出る舞台を、椅子に座って見ると無意識のうちに思っている。しかし、鷗外が演劇論を語り始めた時期には、それらは何《いず》れもなかった。明治末の有楽座や帝劇以前には、芝居好きの鷗外一家は劇場に行く際、「芝居茶屋」を通しての享楽気分で赴き、ガス灯のほの昏《ぐら》い舞台を見ていたのだ。鷗外の劇場論はそういう前提がないと理解し難い。

友人らと自宅の観潮楼玄関前で記念撮影する森鷗外（前列左）と、「三木竹二」の筆名で劇評家として活躍した弟篤次郎（同右）（1897年に大橋乙羽撮影、文京区立森鷗外記念館所蔵）

「近代演劇」は明治末（二十世紀）からの禁欲的で堅苦しいイメージで語られる。だが、十九世紀の明治の生活感は、当然江戸と深く繋がっており、芝居は遊戯感覚と切り離して考えられない。鷗外の人脈でも、饗庭《あえば》篁村《こうそん》や斎藤緑雨ら「根岸党」の人々との交流はあまり語られない。それは近代的価値観で語りやすい「意義」や「成果」がない世界だからだ。そこには、「文学」「芸術」「演劇」という用語が確定する以前の「演芸」が広義の意味を持った時代の遊戯感覚がある。

私には、鷗外の演劇は、そういう気配や心性なしに考えられない。鷗外が神童といっても、幼児期の読書は江戸期の産物だったのも忘れてはならない。鷗外にとって幸せなのは、その心性を共有できる弟篤次郎《とくじろう》（筆名・三木竹二）が身内にいた事である。根岸党の面々とは違い、肉親で医師という科学的精神も身に付けた竹二は、鷗外にとって妻や母以上に、無言で打ち解けられる代え難い存在だったろう。

カルデロンの『サラメアの村長』を『調高矣洋絃一曲《しらべはたかしぎたるらのひとふし》』として竹二と戯作調の翻案で刊行した鷗外の遊び心は重要である。

竹二は「近代演劇批評の確立者」と紋切り型で解説される退屈な人ではない。秀才だが、欠点の多い、愉快な人だった。樋口一葉は、竹二を今で言えば、軽い、お調子者という風に書いている。早逝《そうせい》したため、身内では母峰子の日記、妹小金井喜美子の追想のほかには、多くの回想を残した鷗外の子たちでも、長男於菟《おと》にしか濃密な思い出がない。於菟の追想に残る竹二の剽軽《ひょうきん》で愉快な姿を見ると、自分にはない美質を備えた実弟を見て、鷗外も屈託なく、喜んだに違いないと思える。

竹二夫人久子も芝居好きだけでなく、「真如」の筆名で劇評も残したが、森茉莉や小堀杏奴《あんぬ》の回想によれば、役者や鷗外の妻志げの真似などをする愉快な人だった。森久子も岡田八千代や長谷川時雨と、明治期女性劇評家の三幅対だったのだから、再評価されていい人だ。

鷗外の戯曲も年表では、例えば「『仮面』初演」としかないが、実際には芝居茶屋のある新富座の新派の一座で、任侠物と併演されたのだ。客層も、自由劇場を見て深刻な感想を残した限られたインテリ層と全く違う、別の「近代演劇」の空気があるのは、当時の雑誌を見れば解る。

戯曲の上演の妙味は、文字では解らない意外な発見にこそある。だから、『ファウスト』を演じたいという上山草人《かみやまそうじん》にも、お国訛《なま》り丸出しの台詞なのを承知で鷗外は上演許可を出した。戯曲と上演の落差にこそ妙味を見るべきなのだ。同時に鷗外は、役者の技芸としては九代目団十郎や五代目菊五郎に不足を感じない、古い感性の人だった。批評といっても竹二にしても、実に古臭いところがある。新しい感性と同時に、古い心性を残していたからこそ、この幕末生まれの兄弟の演劇観は魅力があるのだ。

竹二没の三年後、帝劇の開場式に招かれた鷗外は、「これをあれほど芝居好きだった篤（次郎）に見せたかった」と呟いたという。竹二没後、伊原青々園《せいせいえん》編集になってからの雑誌「歌舞伎」にも鷗外が寄稿し続けたのは、竹二を思う供養の気持ちもあったように思えるのである。

Keyword

鷗外の3人の弟妹

長男だった森鷗外には5歳下の弟篤次郎、8歳下の妹喜美子、17歳下の弟潤三郎がいた。

篤次郎は兄と同じく東京大学医学部を卒業し、医師として働きながら、劇評家としても活躍。筆名の「三木」は、「三つの木」で成り立つ本名の「森」に由来する。1900（明治33）年には雑誌「歌舞伎」を創刊し、初代編集長を務めた。篤次郎が40歳で急逝した後、同誌には鷗外の訳文が相次いで巻頭に掲載された。

喜美子は解剖学者の小金井良精《よしきよ》と17歳で結婚。その後、4人の子どもを育てながら、文筆活動を行った。潤三郎は京都府立図書館や東大史料編纂所などで働きながら、鷗外の執筆活動のために、資料収集などを手伝った。

音楽への眼力

片山杜秀
音楽評論家、思想史家

森鷗外の小説『文づかひ』は1891（明治24）年に発表された。一節を引く。

「曲正《まさ》に闌《たけなわ》になりて、この楽器のうちに潜みしさまざまの絃《いと》の鬼、ひとりびとりに窮《きわみ》なき怨《うらみ》を訴へをはりて、いまや諸声たてて泣響《なきとよ》む」

何の描写か。ピアノだ。鷗外の分身たる日本の軍人が、ドイツの古城で貴族の令嬢の演奏を聴く。鍵盤を押すと連動したハンマーが弦を叩《たた》く。鷗外は叩かれて呻《うめ》く一本一本の弦を鬼に見立てる。楽曲の高潮部を、鬼たちの怨《うら》みが泣き声の大合唱と化すと表現する。日本の文学者が西洋音楽を自分の耳で確かにつかまえた最初期の名文だろう。しかも鷗外の後々までの音楽観がここから察せられるようにも思われる。

鬼と怨と泣。強烈な漢字が並ぶ。鷗外にとって音楽とは西洋音楽に限らず何よりも情念なのだ。鷗外はそんな音楽を個人的には恐らく愛していた。滞欧中のオペラ鑑賞は数十回にも及んだという。しかし、鷗外は武家の儒教で育てられた人でもある。儒教では音楽一般を決して良いものと教えない。情の深い音楽は、ギリシャ神話で海上の船人を惑わすセイレーンの歌声のように、人間の理性を曇らせるものと相場は決まっている。ゆえに好きでも距離を取らねばならない。文豪の音楽との付き合い方であったろう。

　そんな鷗外が『文づかひ』発表の年から坪内逍遥と論争を始めた。テーマは今後の日本演劇のありよう。逍遥は言葉と音楽と舞踊を一体にした夢幻劇の方向を目指すべきと説いていた。鷗外はそれ

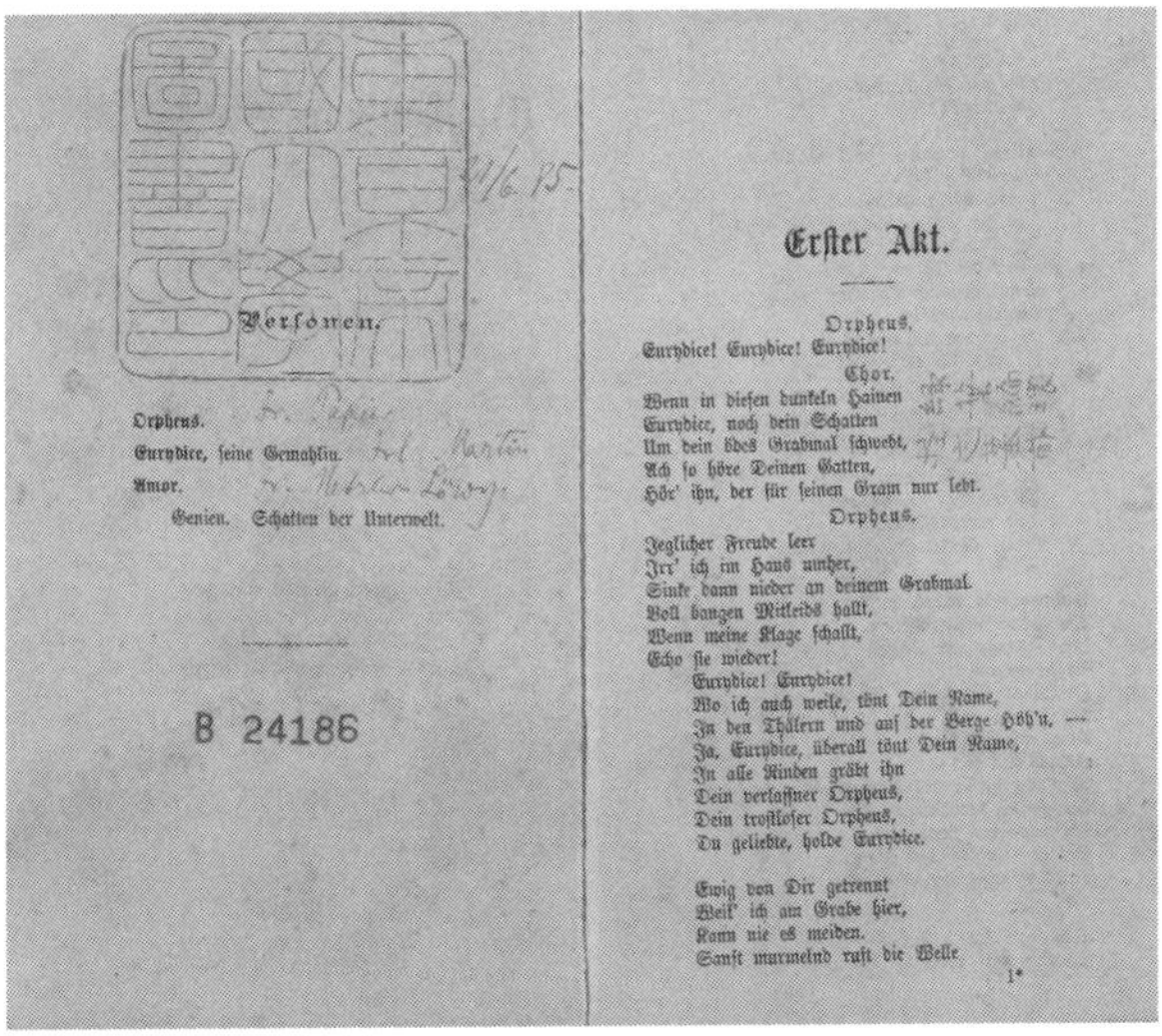

Personen.

Orpheus.
Eurydice, seine Gemahlin.
Amor.
Genien. Schatten der Unterwelt.

B 24186

Erster Akt.

Orpheus.
Eurydice! Eurydice! Eurydice!
Chor.
Wenn in diesen dunkeln Hainen
Eurydice, noch dein Schatten
Um dein ödes Grabmal schwebt,
Ach so höre Deinen Gatten,
Hör' ihn, der für seinen Gram nur lebt.
Orpheus.
Jeglicher Freude leer
Irr' ich im Haus umher,
Sinke dann nieder an deinem Grabmal.
Voll bangen Mitleids hallt,
Wenn meine Klage schallt,
Echo sie wieder!
Eurydice! Eurydice!
Wo ich auch weile, tönt Dein Name,
In den Thälern und auf der Berge Höh'n. —
Ja, Eurydice, überall tönt Dein Name,
In alle Rinden gräbt ihn
Dein verlassner Orpheus,
Dein trostloser Orpheus,
Du geliebte, holde Eurydice.

Ewig von Dir getrennt
Weil' ich am Grabe hier,
Kann nie es meiden.
Sanft murmelnd ruft die Welle
1*

森鷗外の書き込みがあるオペラ「オルフェウスとエウリディケ」の台本。ライプツィヒ市立歌劇場で観劇した1885年6月21日の日付などが赤インクで記されている。これを原書に、鷗外は最初の翻訳を進めた（「鷗外文庫」東京大学総合図書館所蔵）

に嚙みつき、演劇を正劇と情劇に分けるべきと言った。鷗外の定義だと正劇とは科白劇のこと。言葉の論理だけで観客の理性に訴える。知性的であるべき近代人にはそれが正しい演劇だ。対する情劇とはオペラのこと。台詞を歌う。踊りもつく。逍遥の推奨する夢幻劇は鷗外の定義だと情劇に入り、正劇より劣るとされる。なぜなら情劇ことオペラは、観客を情に溺れさせ、つまらぬものを荘厳にしたり、崇高なものを下品にしてしまえたりするからだろう。音楽とは世界を混乱させる危険な魔術なのだ。音楽の魅力を知りながらも逍遥の説を批判する鷗外の論調は、セイレーンの歌声に惹かれながらも、それに惑わされ海に飛び込まぬように自らを帆柱に縛りつけたオデュッセウスの物語に似ているかもしれない。

すると鷗外は本音では愛するオペラを建前としては退け続けたのか。そんなこともない。何しろオペラは近代西洋文化の根幹だ。日本も受容せねばならない。ただし入れ方を間違えないように。鷗外の考え方だったろう。

鷗外が表立ってオペラと切り結んだ仕事と言うと、十八世紀のオペラ作曲家、グルックの代表作「オルフェオとエウリディーチェ」の台本の翻訳がある。第一次世界大戦が始まる頃の仕事だ。残念ながら当時上演には至らなかったけれど。グルックはオペラの歴史の改革者として知られる。無駄なく論理的な物語の構成を重んじ、肝腎な筋書きは台詞で合理的に進め、挟まれる歌は劇的かつ情緒的でなければならないが、やりすぎをきつく戒めた。オペラの中にも、鷗外の言う正劇的なものと情劇的なものがあるとすると、グルックは鷗外好みの正劇志向だった。鷗外が入れ込んだのも当然だ。

では、逆に鷗外が気に食わなかったオペラとは？　ワーグナーやヴェルディによって推進された、語りと歌の区別をなくし、全編ひたすら歌い上げる方向のオペラだろう。それはつまり全面的な情劇であり、セイレーンの歌声のように聴く者をひたすら響きに溺れさせ、劇の鑑賞に不可欠な批判的精神を観客から奪ういき方に他なるまい。儒学精神に裏打ちされた鷗外には耐えがたい世界だ。

そんな鷗外の姿勢は古めかしかったろうか。第一次世界大戦後のドイツでは、人を魔法にかけ戦争に駆り立てもするような、心をひたすら溺れさせる芸術のありようが警戒されるようになった。劇作家ならブレヒト、音楽ならヒンデミットが代表だろう。過度な心情移入は理性を遮断する。音楽や演劇はそうであってはならない。まるで鷗外だ。鷗外は過去の人であるように見えがちだが未来の人でもある。今ますますアクチュアルなのかもしれない。

Keyword

『文づかひ』「オルフェオとエウリディーチェ」

『文づかひ』は、『うたかたの記』『舞姫』とともに「ドイツ3部作」と呼ばれている短編小説。それぞれの舞台となるドレスデン、ミュンヘン、ベルリンは、いずれも鷗外がドイツ留学時代に比較的長く滞在した都市である。

物語は洋行帰りの少年士官、小林の語りとして進んでいく。ある秋の日、小林はドイツでの演習中に立ち寄った城で、ドイツ人中尉のメエルハイムの婚約者であるイイダ姫と出会う。小林はイイダ姫からドレスデンにいる自身の伯母に手紙を届けるよう託される。

「オルフェオとエウリディーチェ」は妻を亡くした男が黄泉《よみ》の国に向かい、妻を連れ戻そうとする物語。イタリア語オペラだが、鷗外はドイツ語版を見た。

没後一〇〇年特別鼎談

鷗外を知る三冊

評者

持田叙子　文学研究家

門井慶喜　作家

森まゆみ　作家

推薦者　**持田叙子**

森茉莉　講談社文芸文庫

『父の帽子』

お茉莉版『源氏物語』

持田　森鷗外というと、高校の教科書に『舞姫』が載っている。恋人を妊娠させ、全てを友達のせいにして結局は逃げる話だ。私は女子校だったので、そのロマンが生徒にも、教える先生にさえ不明だった。その後『父の帽子』を読み、鷗外と私の心の通路がするりとできた。鷗外の令嬢・茉莉のこの回想記にみちびかれてロマンゆたかな鷗外の翻訳文学を読み、鷗外が大好きになった。

森　同感だ。私も女子校で、なぜ『舞姫』なのか、と……。

持田　そんな鷗外を、優しい「パッパ」として少女や女性に結びつけたのが『父の帽子』だった。ある意味、これは森茉莉の小説だと思う。与謝野晶子訳の源氏に傾倒していた森茉莉が書いた、これはお茉莉版『源氏物語』なのだと思う。鷗外を万能の知の王者として高みに仰ぐ従来の評論系とはまた異なる、小さな子どもの存在を敬う繊細で母性的な芸術思想家として新鮮に開いた快作だと思う。

森　私は東京・千駄木の鷗外の家の近くに住み、地域雑誌『谷中・根津・千駄木』（一九八四〜二〇〇九年）を作っていた。そのころは生前の鷗外を知る人がけっこういた。鷗外の特集号を出す時に全集を読んで、多様なものを書いていたことに驚いた。『父の帽子』もその時に読み、鷗外は父親として完璧ではないか、と。やさしくて、妻が手を出さない部分を父親としてカバーし、娘には「おまりは上等よ」といつも褒めあげて。

持田　そうそう。「おまりは今日もきれいだなあ」とも。

森　仕事をする女性にとって、父親の肯定感は大事だと思う。褒められて育った女性は伸びる。明治のころの千駄木が美しく描かれている。今の千駄木は、鷗外邸のあたりもビルやマンションだらけで殺風景だけれど。あと樟脳《しょうのう》のにおい、帯を締める音など五感が豊かだ。

―編集の妙―

門井　一冊の本として見ると編集がうまいと改めて思う。導入として短い「父の帽子」があって、その後にどーんとメインディッシュの「幼い日々」、さらに長短のエッセーが続き、後半に「夢」という大技が来る。「幼い日々」はノンフィクションっぽく書いているが、後半の「夢」は完全に茉莉さん独自のエッセーだ。鷗外の話かと思ったら、最後は茉莉さんの話になる。編集の妙だろう。持田さんの言うように、この本はフィクション、小説に近い。茉莉さんもそれを隠していない。例えば父母の婚礼の様子を「金屏風《きんびょうぶ》の光に、輝いて」「父は何気ない様子をして」などと書いているが、見ているはずがない。

持田　確信犯ですね。

森　鷗外は文体は素晴らしいが、物語を生む力は高くなく、多くは元になる欧米の話などを換骨奪胎して小説に仕立てている。茉莉さんの方は小説を書く能力、夢を見る力があると思った。

門井　同感だ。「夢」は夢と現実とをぐるぐる回るのが面白いエッセーですが、鷗外が書いたら五枚くらいで終わっちゃう。夢は夢、現実は現実、はいおしまい、と（一同笑い）。「幼い日々」も時系列が行ったり来たりする。非常に独特の感じがある。鷗外は「それは嫌だ」と思うだろうが、茉莉さんの場合は我々の生活ってこうだよね、区切りがはっきりしていないよね、という生活実感として読める。

持田　ぐるぐる回るのが好きかどうか。森茉莉の作品は内向的すぎて嫌いという人と、大好きだという人とでは、そこのあたりで分けられるのかもしれない。

推薦者　**門井慶喜**

松本清張　新潮文庫
『或る「小倉日記」伝　傑作短編集㈠』

―足で稼ぐ連なる系譜―

門井　『父の帽子』の中では、小倉時代は非常に幸せな一時期になっている。この時期の終盤に（二人目の妻の）志げさんと再婚し、新婚生活が始まり蜜月の時期を過ごせたということで、肯定的に書かれている。ところが鷗外本人としては、小倉への配属は左遷なので、「東京に行きたいのに、小倉に行かされた」というニュアンスがある。そのネガティブな部分を小倉側から見たのが『或《あ》る「小倉日記」伝』であるという感じがする。

あらすじは、小倉にいた田上耕作という体に障害を持ち、普通の生活ができない人が鷗外というテーマを見つけて、鷗外の細かい情報を足で稼いで集めるという話だ。

足で稼ぐのは後の松本清張の刑事物に連なる系譜だ。そういう意味では、清張の刑事物の元祖と言えるが、その田上の話と、田上が知ることができた鷗外の伝記的事実や、そのかけらが織り交ぜられている。鷗外の伝記の破片であり、田上の伝記の破片でもある。

田上は実在の人だ。鷗外の弟、森潤三郎のエッセーにも出てくる。僕が改めて読んで驚いたのは、これは昭和十年代が舞台になっているが、田上にとって、明治三十年代の鷗外のことを調べるということは、四十年前のことを調べるということになる。現代の我々に置き換えると、一九八二年になる。八二年にはフォークランド紛争が起き、国内では中曽根康弘が首相に就任した。前年の八一年にはピンク・レディーが解散している。今の我々にとって、これくらいの距離感のことを、田上は研究していることになる。

刑事物に限らず、民俗学や文化人類学など足で稼ぐタイプの学問が戦後に花開き、それぞれの分野で成果を上げた。戦後における元祖のような存在であるという意味においても、田上という人は面白い。またその人が対象とした鷗外は、一種の素材になり得るという点で、情報源としての魅力があると思った。

鷗外に近い文体

森　久しぶりに読んだ。対極的な作家だと思うが、松本清張の文体の中に、鷗外の文体がかなり入り込んでいて、鷗外に近い格調の高い文体で書かれている小説だ。あのころはこんなに短い小説で芥川賞を取れたんだなと思った。逆にこれはもっと膨らませれば膨らんだはずなのに、ここで抑えて、むしろ登場する看護婦の山田てる子や母のふじ、田上のように、知的能力は高いのに、見た目に障害があって幸せな暮らしができなかった人を描いた小説としてよくできているなと。

　小説の構造としては、『渋江抽斎』とそっくりだと思った。鷗外の史伝小説は大体お墓を訪ねるところから始まり、資料をどこかから探してきて、周辺からある人物像を造形していく。だから、そこをもっと膨らませて、小倉時代に書いた『鶏』や『独身』、『二人の友』などをどんどん入れ込んでいくともっと長大なものができたのに、それをあえて抑えることで、逆に小説として成功している。最後の伝便の鈴の幻聴が効いている。

持田　私も『渋江抽斎』に似ていると思った。また、鷗外は民俗学に関心があった。若い日の柳田國男を可愛がっていた。二人は、「このような謹厳で権威ある作家が秘め隠す女性問題の謎を追いたい」という欲望を極めてかき立てる、という意味において酷似すると思う。

推薦者　森まゆみ

『口語訳 即興詩人』

アンデルセン・原作　森鷗外・文語訳
安野光雅・口語訳　山川出版社

愛情込めた丁寧な訳

森　安野さんは鷗外と同じ島根・津和野の出身だけれど、子どもの頃は好きじゃなかったらしい。学校で校長先生がよく「鷗外みたいに立派になりなさい」と言っていたのがプレッシャーだったとか。でも、『ヰタ・セクスアリス』などに地元の人にしか分からない津和野弁が出てくるのを読み、同郷の親近感を持っていったと聞いた。

『即興詩人』は一人の少年の成長小説で、母の死、三角関係、嫉妬、逃避行を経て、最後はハッピーエンド。イタリアを舞台にした観光小説のようでもあり、都合よく人が現れたりするのが出来過ぎなところもある。

私は安野さんから文章を書きませんかと誘われ、『「即興詩人」のイタリア』（二〇〇三年）の取材のために何度か一緒にイタリアに行った。

安野さんはとにかく『即興詩人』が好きで、鷗外訳をほとんど暗記して、行く先々でそらんじていた。そんな鷗外訳を、愛情を込めて丁寧に口語訳にした。平明で読みやすく、文語体でわかりにくいところも「こういうことを言っていたのか」と理解できる。ただ、『即興詩人』が大事にされているのは日本ぐらい。イタリアでも知らない人が多く、英語版やドイツ語版も探すのが大変。でも当時、日本で本を読む階級の人には、鷗外訳が大きな影響を与えた。これからも文語訳と口語訳の両方が読み継がれていってほしい。

門井　若いころに鷗外訳の『即興詩人』を読んで、文体の美に打たれた。今回、いろいろなことを考えず素直に読んだら、ストーリーが面白いと感じた。ローマで会った彼女とナポリで再会するなど、偶然性にもおおらかさがある。良い意味の通俗性を持っていて、カジュアルに楽しく読める。鷗外訳がお酒なら、安野訳はミネラルウオーターのような口当たり。でも、この本は、たたずまいで損をしてしまうところがありそうだ。鷗外ファンが見ると「口語訳か、やさしすぎる」、鷗外に関心がない人からは「鷗外か、難しすぎる」と思われてしまう立ち位置にある。

持田　難しいものを読む時に、挿絵が大切だなと実感した。小さい頃に講談社の『少年少女世界文学全集』を読んだ際、挿絵に助けられてストーリーを追っていけた。本書は安野さんの挿絵が非常に控えめで、その小さな可《か》憐《れん》な絵でリードして最後まで読ませてもらえる、絵の力を感じる。半面、文語訳よりカジュアルなので、読者は解《わか》りやすくなる分、元の文語文に湛《たた》えられる神秘を失う。例えば修道女の姫君が出てくる場面では、修道女の神秘性や、「生きた死者」に魅せられるという、カトリック国ならではの禁断の恋の切なさが薄れる。でも読みやすさとどちらを取るか、やるせないところ。

森　鷗外は明治二十年代から約数年かかって翻訳した。この時代に日本人はヨーロッパの文物を知らないし、日本語にするには、鷗外は自分で言葉を創造せざるを得なかった。ドレスを着て踊る場面を「裳《も》裾《すそ》を高く褰《かか》ぐ」と表現したり、バルコニーを「露台」、祭壇を「贄卓《にえづくえ》」と訳したりした。安野さんはそれを現代人に身近な名詞に置き換え、なおかつ品格を保った訳になっていると思う。

門井　文章は本当にいい。まさに平明達意で、安野訳は素晴らしい。この文章によって小説世界を直接受け取ることができて、「全編が女の子を追いかけている話だな」と思ったりした。これは意外と鷗外訳では気づかなかったことだ。

持田　いろいろな場所が出てくるけれど、鷗外の訳を読んだ時はイタリアの地図まで思い描く余裕がなかった。安野訳は、読んでいて地図がはっきり頭に浮かんできた。

鷗外を訪ねる

津和野

鷗外が幼少期を過ごした津和野。旧宅に隣接した記念館では遺品や直筆原稿などを見ることができる。国指定史跡。

旧宅(外観)

森鷗外記念館(展示室)

森鷗外旧宅・森鷗外記念館

[**所在地**]島根県津和野町町田イ238
[**TEL**]0856-72-3210
[**開館時間**]9:00～17:00(最終入館は16:45)
[**休館日**]月曜日(祝日の場合はその翌日)、12/29～12/31
[**交通**]JR山口線津和野駅から石見交通バス津和野温泉行きで7分。バス停「鷗外旧居前」下車、徒歩3分

小倉

鷗外が旧陸軍第12師団軍医部長として小倉に赴任してきた時に住んでいた居宅。明治30年頃に建てられた六間から成る日本家屋で、鷗外は主に八畳の座敷と南側に続く四畳半の小座敷を使っていたといわれている。小説『鶏』では、この住宅の様子が描かれている。

現在は通り土間が資料閲覧スペースになっていて、年譜や貴重な関連資料が展示されている。市指定史跡。

旧居(外観)

森鷗外旧居

[**所在地**]福岡県北九州市小倉北区鍛冶町1-7-2
[**TEL**]093-531-1604
[**開館時間**]10:00～16:30
[**休館日**]月曜日(祝日の場合は翌日も休館)、祝日、年末年始
[**交通**]JR小倉駅から徒歩10分

北九州市立文学館(2階常設展示室)

北九州市立文学館

常設展示室でゆかりの文学者のひとりとして森鷗外にまつわる書画、書簡などを見ることができる。
[**所在地**]福岡県北九州市小倉北区城内4-1
[**TEL**]093-571-1505
[**開館時間**]9:30～18:00(入館は17:30まで)
[**休館日**]月曜日(月曜日が休日の場合はその翌日)、12/29～1/3
[**交通**]JR小倉駅から徒歩15分、JR西小倉駅より徒歩10分
[**URL**]https://www.kitakyushucity-bungakukan.jp/

＊展示、開館状況は変更になる場合があります。

IV

医学、軍医、官吏の道

軍医として赴いた戦地

成田龍一

日本女子大学名誉教授

森鷗外は、日清戦争に軍医部長（陸軍第二軍兵站《へいたん》軍医部長、のち第一師団軍医部長）として、朝鮮半島から中国・山東半島に赴き、さらに台湾にも渡り、現在では「台湾征服戦争」と呼ばれる戦争に参加した。また、日露戦争では第二軍軍医部長として、中国大陸に渡った。これら、鷗外の従軍した戦争は、日本が帝国主義へと移行し、植民地を獲得した戦争であった。

鷗外は日清戦争に関し、公的報告書（『日清役自紀』として全集に収録）を提出し、台湾と日露戦争についても公的記録『台湾総督府医報草藁』、『第二軍軍医部長臨時報告』を出している。とともに、日清戦争では、私的な事項を伝える『徂征《そせい》日記』（漢詩、短歌）、日露戦争でも『うた日記』を刊行し、公的記録と私的出来事の記述の提供という二重の対応を見せている。

鷗外は軍医という立場上、戦地に赴いても、直接には戦闘に参加せず、そこでの屈曲がみられる。『うた日記』にその様相をうかがってみよう。

森林太郎の名前で、一九〇七（明治四十）年に春陽堂から刊行した『うた日記』は、四八七頁、目次も序文もない。「戦陣日記のかたちをとった詩歌集」として読み解く岡井隆『森鷗外の「うた日記」』（二〇一二年）は、「奇妙な本」という。五部構成で、新体詩（五八）、訳詩（九）、長歌（九）、短歌（三三一）、俳句（一六八）とさまざまな形式の詩からなり、日付や地名が記されたものも少なくない（カッコ内はその数）。長詩と反歌という形式が採用されるなど、「一人の小説家の構想した物語」（岡井）となってい

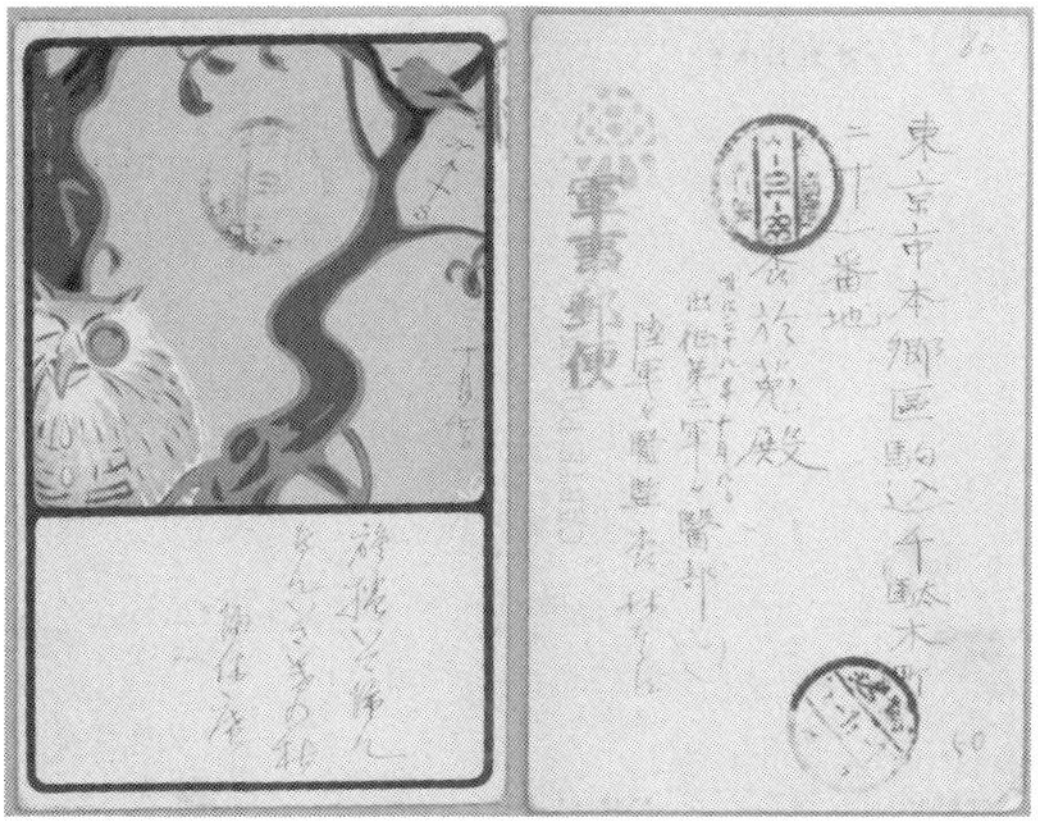

右：鷗外が戦地から長男於菟に宛てたハガキの表面。明治38（1905）年10月8日の消印と、「軍事郵便」の赤字が入っている
左：ハガキの裏面。『うた日記』収録の「旗捲いて　帰んなんいさ暮の秋」が書かれている。日露講和条約が調印されたことを受けて詠んだ（文京区立森鷗外記念館所蔵）

る。

複雑な構成をもつ『うた日記』は、鷗外の韜晦《とうかい》もあり、うかつには議論できないことを承知で、三つの視線を指摘しておこう（〈 〉内は表題）。

第一には、勇壮感を前面にださない点である。たしかに冒頭の〈第二軍〉で、「本国のため　君がため／子孫のための　戦ぞ」と書き始められる。だが、『うた日記』には、いくつもの死が記された。死者への哀悼（〈新墓《にいはか》〉〈小金井寿慧造《すえぞう》を弔ふ〉）のほか、死のはかなさもいう――「死は易《やす》く　生は蠅《はえ》にぞ　悩みける」（〈かりやのなごり〉一九〇四年七月）。

また、第二として、戦争の変化をみている。〈乃木将軍〉とともに、〈石田治作《じさく》〉〈大野縫殿之助《ぬいのすけ》〉ら下級兵士の名前を挙げ、その活動を描く。〈唇の血〉（〇四年五月二十七日）では、南山の戦いに際し「徒歩兵の／顔色は　蒼然《そうぜん》として　目かがやき／咬《か》みしむる　下唇に　血にじめり」ともいう。すでにクラウゼヴィッツ『戦争論』を翻訳している鷗外は、戦闘のあり方に着目する。

そして、何よりも第三には、戦地となった中国人たちへの目線がある。そのことは反転して、侵略者としての日本兵に目をむけ、「走りつつ　瓜《うり》盗んだる　馬卒かな」（〈払子賛《ほっすのさん》〉〇四年七月二十六日）と記される。

とくに、性暴力を書き留めていることは注目に値する。〈罌粟《けし》、人糞《ひとくそ》〉（〇四年七月十三日）は、兵士に強姦《ごうかん》され自殺を図った中国人女性を、家族が発見した顛末《てんまつ》が綴られる。戦地における性暴力が、鷗外によって記された。

だが、『うた日記』以降には、戦争を対象化する作品が提供されることを強調しておきたい。鷗外の戦争への態度が、公的／私的という二重にとどまらず、さらにもうひと段階の提供がなされ、三重構造となるということである。出来事のあとで、「まことの我」（『舞姫』）を弁明することと同様に、日露戦争後の社会で、戦争についてあらたな語りを見せた。『能久親王事蹟』（〇八年六月）では、台湾とそこでの衛生状況について語り、（小倉での体験を描いたとされる）『鶏』（〇九年八月）でも、現地の住民との反目が記される。

なかでも『鼠坂《ねずみざか》』（一二年四月）では、日露戦争の従軍記者が、戦地で強姦した中国人女性の幻影を見てショック死する出来事を描き、性暴力が告発的に再論される。男性の死亡の事実のみを伝える「平凡極まる記事」の背景に、強姦事件の存在を描き出す物語構造の手法は、戦争の記憶／戦争犯罪の告発の叙法として鮮やかである。だが、男性の戦場での性欲を問題化するなか、さきの〈罌粟、人糞〉では、加害者をどこの国の兵士か明示せず、『鼠坂』では記者としており、日本兵を名指することを寸止めとしている。

Keyword

『うた日記』

『うた日記』は1907（明治40）年9月15日に春陽堂から単行本として刊行された。鷗外が戦地で詠んだ詩、短歌、俳句などが収録されている。

鷗外は04（明治37）年から06（明治39）年まで、第二軍軍医部長として日露戦争に従軍し、満州の各地を転戦。激戦に遭遇している。『うた日記』は、従軍中に家族や知人に宛てて書き送った作品を中心に帰国後にまとめられた。作品には、現地で自ら見聞きした戦争に対する鷗外の考えが色濃く反映されている。

また、各作品には日付や地名が記されているものも多く、文字通り鷗外の「日記」として読み解くことができる。

貫いた医業との両立

夏川草介

作家、医師

医学部を目指していた高校生のころ、必読書として予備校の先生から示された三冊の著作があった。有吉佐和子の『恍惚の人』、遠藤周作の『海と毒薬』、そして森鷗外の『高瀬舟』である。いずれも時代を超える出色の名品であるから、わざわざここで詳細を論じないが、特に『高瀬舟』は、今も私の中で特異な位置を持ち続けている。

内科医になってそろそろ二十年になる私にとって、本作が触れている、尊厳死、安楽死という現代医療の難問が喫緊の課題であるということだけが理由ではない。内容もさることながら、その文体に強く惹きつけられるものがある。踏み込んで言えば、そこに私は作家ではなく医師としての鷗外を強く感じるのである。

鷗外には独特の文体がある。緻密で、鋭利で、ときには気品すら漂うその著述は、ともすれば、熟練の外科医の手術野を見ているようである。血管を確保し、神経を認識し、腸管を把持して静かに病巣を露《あら》わにしていくように、鷗外は対象に接近していく。しかし接近しすぎることはない。医師が、眼前の患者に共感を示しながらも、つねに客観的な観察と分析を怠らないように、鷗外は掬《すく》いあげた登場人物の悲哀や苛立《いらだ》ちまでも、ひとつひとつ透明なビーカーに収め、学会の症例報告のように提示していく。多彩な作品群をひとまとめに論じることは避けねばならないが、その代表的な短編がしばしば感情的な熱からは距離をとり、ある種の冷めた硬質な空気を漂わせていることは、このあたりのスタイルに起因するのではないかと感じている。

　もちろん症例報告の趣があることは、無味乾燥を意味しない。熟練の論者の語り口は、科学的な論述にさりげないユーモアや諧謔《かいぎゃく》を織り交ぜて、おおいに聴衆を沸かせてくれる。実際、鷗外の作品も、ときおり著者自身の自負や皮肉が垣間見えるが、見えたと思った直後には、何事もなかったように本論に戻って行く。鷗外の面白さというものであろう。

　緻密な論述を進めつつ、対象との距離を取りながら、ときには結論そのものを読者に託して筆を擱《お》くのが鷗外である。ゆえに、納得や理解といったものを欲する読者の立場からすれば、一種の読みにくさに通じることがある。けれども医師という職業を続けていれば、人生というものが納得とも理解とも程遠い要素でできていることは自明の理となってくる。『高瀬舟』に限らない。『杯』の少女の振る舞いも、『カズイスチカ』の笑えない症例も、『阿部一族』や『舞姫』の持つ不条理でさえも、身近な存在であると感ぜられてくる。尊厳死をいかに認めるかも、延命治療の是非や、抗がん剤を中止するタイミングや、コロナ診療の在り方さえも、ことごとく正解はなく、白と黒とに塗り分けることは不可能である。不可能であるから諦めるのではなく、不可能を承知で取り組み続けることが医療に携わるということなのであろう。そうした事実に理解が及び始めてきた昨今、鷗外の作品はにわかに親しみを帯びてくる。淡々とした症例報告の向こう側に、忍耐強く患者と向き合う陸軍軍医の横顔が見えてくるのである。

それにしても鷗外のすさまじさは、その生涯を専業作家とせず、医業との両立を貫いたことではなかろうか。独特な文体も、このあたりに要因があるのかもしれない。しかし二足の草鞋《わらじ》というのは口で言うほど容易《たやす》いものではない。私などは、外来、病棟、当直に緊急内視鏡と振り回される日々に閉口し、そろそろ草鞋の一方を脱ぎ捨てようかと画策し続ける日々である。

先日試みに細君に向かって「かの大文豪の漱石先生だって四十歳で教職を辞している」と愚痴をこぼせば、先方はいつもの笑顔でさわやかに「同じく大文豪の鷗外先生は、医師の道を全うしましたよ」と応じてきた。反論の余地はない。せめてその歩みだけでも、偉大な軍医総監殿にあやかりたいと思う今日この頃である。

Keyword

『高瀬舟』

『高瀬舟』は１９１６（大正5）年1月1日発行の雑誌「中央公論」に掲載された短編小説。

時は江戸時代。罪人を舟に乗せ、高瀬川（京都）を護送する同心の庄兵衛は、弟殺しの罪で島送りとなった喜助と出会う。舟の上で楽しそうな喜助の姿に、庄兵衛は思わず身の上を尋ねる。すると島流しとともに手に入れた僅かな現金に喜んだり、貧しい生活にあえぐ中で、唯一の家族だった弟が病に伏し、本人の強い希望で自死を助けたりしたことを明かす。

鷗外は本作執筆後に発表した解題「附高瀬舟縁起」で、「財産と云ふものの観念」と仏語で安楽死を意味する「ユウタナジイ（ユータナジー）」の二つの問題を描いたと説明している。

衛生学者として

海堂尊
医師、作家

森鷗外は、「人は二時間寝れば沢山だ」と知人に述べている。ＲＥＭ睡眠がほとんどないショートスリーパー、「夢見る眠り」のない短眠者だったのかもしれない。だから陸軍軍医部のトップ軍医総監と文壇の寵児という二つの顔を持てたのだろう。

活動時間は常人の二倍だから二倍の人生を送れたわけだ。

衛生学者・鷗外は北里柴三郎と確執があった……はずである。だが言及した書は少ない。理由は簡単、証拠がないからだ。北里はほとんど自分のことを書き残さなかった。

鷗外は実にたくさんのことを書いたが、都合の悪いことは残さないクセがある。留学時代、エリーゼと同棲していたはずなのに、『独逸《ドイツ》日記』には一行も書かれていないのが、そのいい例である。

北里と鷗外の接点は、実は多い。

明治八年、北里が数えで二十三歳で東大医学部予科一年に入学した時、鷗外は十四歳で本科一年生だった。同じ寄宿舎で過ごし、北里が雄弁会「同盟社」の主将になった頃、九つ年下の鷗外は友人の三浦守治と「二乳（乳臭い二人）」と呼ばれていた。いじめっ子のガ

ドイツ留学中の恩師コッホ博士が来日（明治41年）した時の記念写真。右が北里柴三郎

キ大将といじめられっ子の優等生の図である。

卒業席次は共に八席。文部省の官費留学は逃したが、就職先で国費留学生になり、ドイツに留学したのも同じ。

極めつきは留学三年目、鷗外が結核菌やコレラ菌を発見したコッホの許《もと》で細菌学を学ぼうとして北里を頼ったことだ。コッホは実験法を北里に学ぶよう指示した。北里は鷗外の細菌学の師なのである。

ところが例によって鷗外は『独逸日記』にそのことは少ししか書き残していない。

鷗外の上司の石黒忠悳《ただのり》次長が渡独し、北里にミュンヘン異動を命じたのを鷗外が取りなしたというエピソードは、北里が弟子に語ったことであり、どちらも書き残してはいない。

衛生学では脚気問題が大きい。ビタミンB_1欠乏が原因で、白米が兵食の基本の陸軍で多発した。海軍では高木兼寛が麦食を導入し患者は激減した。だが石黒と鷗外は、米食に固執し続けたため、実に多くの兵を損じてしまった。

高木は、炭水化物と蛋白比の不均衡が脚気の原因としたが「学理的」に間違えた。だから鷗外は承服しかねたのだ。

軍医総監になった鷗外は、「臨時脚気病調査会」を設置して病因を「学理的」に探求しようとした。それは北里が裏で糸を引いていた可能性がある。「時事新報」に陸軍の脚気問題をリークしたのは北里門下の海軍医・石神亨で、議会に調査会設置を提案したのは、北里シンパの山根正次。「臨時脚気病調査会」について医学誌の「医海時報」が懸賞論文を公募し、審査員には北里の身内のような学者が顔を揃えた。「医海時報」は北里が自論を展開するために活用していた雑誌だから「臨時脚気病調査会」の設置は北里の掌の上で踊らされたようなもので、さぞかし腹に据えかねたことだろう。

鷗外は論戦魔で徹底的に相手を論難するが、それが済むと、あとはさっぱりして尾を引かない。だが北里に対しては、新橋芸者を落籍させた醜聞やペスト菌発見の際の誤謬《ごびゅう》を認めた時、これ幸いと新聞に悪口を書いた。鷗外が生涯攻撃し続けた相手は北里だけだ。

大正三年、伝研移管騒動が起こった時、鷗外は衛生学に長けた部下を派遣して、帝大の苦境を救った。ここでも北里の足を引っ張ることに加担したわけだ。私には、伝研移管騒動の黒幕は鷗外だったのではないかとすら思える。

鷗外が北里に反感を持ったのは、留学から帰国して、衛生学の第一人者を自認していた鷗外の鼻っ柱を、北里が木っ端微塵に打ち砕いたからなのではないか。

脚気は鷗外の終生の悪因縁だ。ドイツで書いた論文でも、事実を歪曲し麦食は無効だと強調しているし、ライフワーク「衛生新篇」五版を大正三年に出版した時初めて「脚気」

の項を設けたが、当時優勢になっていた「脚気原因栄養説」にはひと言も触れていない。それは「学理」を重んじた鷗外の姿勢としては整合性がなく、衛生学者としてもフェアでない。文学の天才にして優れた医学者でもあった巨星・鷗外の、数々の実績を思う時、軍医総監という立場があったとはいえ、そうした対応だけは残念でならないのである。

Keyword

日本の「細菌学の父」

北里柴三郎（1853～1931年）は、日本の「細菌学の父」として知られる。ドイツ留学から帰国後、ペストが流行する香港に赴いてペスト菌を発見するなど大きな功績を残した。明治時代に流行した脚気の原因を巡っては、師である緒方正規が病原菌を発見したと発表し、森鷗外もこれを支持したが、北里はその病原菌は細菌学的に確定されていない、と否定した。だが、師コッホと共に両者が信じていた「脚気細菌説」は実は誤りで、のちにビタミンB_1の欠乏が原因と特定されている。その意味では、世に言う「脚気論争」は実は北里の勝ちではなく、両者リングアウトの引き分けに近い。この点では北里の主張が正しかった。

師に逆らった、それは即ち母校東大の権威に弓を引いたとして日本の医学界の反感を買った北里は、その後冷遇される。だが福沢諭吉の支援で創設した伝染病研究所（伝研）の初代所長に就任するなど感染症の研究に尽力した。2人の関係は海堂尊さんの著作『奏鳴曲　北里と鷗外』（文藝春秋）で描かれている。

庶民の健康を願う

平松洋子

作家、エッセイスト

森鷗外は焼き芋が好物だった。焼いてあるから衛生的だというのがその理由である。仕出し屋の弁当や生ものを嫌い、家では果物も煮て食べた。長女の茉莉は「前の日の麦湯が薬罐《やかん》の底に残っていると忽《たちま》ち腐敗するから、熱湯でゆすいでよく乾いてからその日の分を入れろ、というさわぎ」とエッセーで述懐している。

とはいえ、清潔好きとか潔癖症だという話ではない。文士、森鷗外はすなわち、ドイツで最新の衛生学を学んだ医師、森林太郎。じっさい、小説『舞姫』『うたかたの記』を発表した明治二十三（一八九〇）年は、帰国後さっそく衛生の啓蒙活動に邁進《まいしん》するさなかだった。

その前年、林太郎二十七歳は一般向け月刊医学誌「衛生新誌」を創刊している。一部、五銭五厘。多彩な寄稿者がテーマを掲げて衛生の必要を説き、自身も健筆をふるう。みずから扱ったのは「服乳の注意」「売笑の利害」「女子の衛生」など、卑近な話題ばかり。言文一致の口語体に、広く読んでほしいという意気込みが滲んでいる。

「靴？　屐《げた》？」（「衛生新誌」第三号　明治二十二＝一八八九＝年五月二十五日発行）と題した論説に出くわしたとき、えっ、とおもった。いくらなんでも早すぎやしないか？　当時の一般女性は日本髪だし、男性はザンギリ頭に西洋風の帽子をかぶるのが流行していたけれど、靴を履く習慣はなかった。庶民が履くのは徴兵による軍隊生活の間で、しか

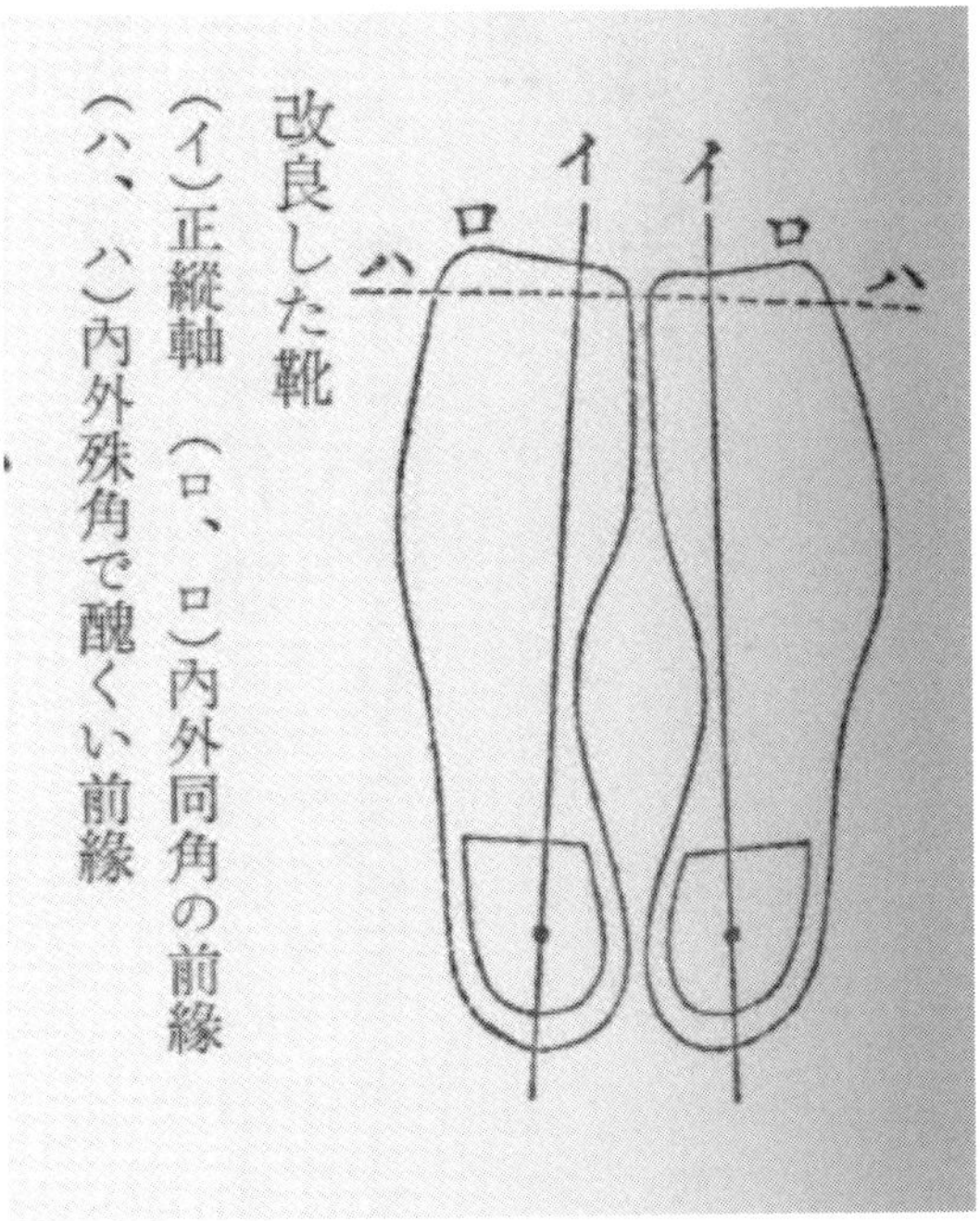

「靴？　屐？」の挿絵の一部。『鷗外全集第29巻』（岩波書店）に所収

も軍靴自体がずいぶん粗悪なつくりなのだ。そんなときに「靴？」と疑問符を投げかけられても、とまどう者が大半だったろう。

しかし、攻めの姿勢を崩さないのが林太郎の流儀である。巻頭七頁にわたって、衛生の観点から靴と下駄の機能をこまかく比較分析するのだが、一読して驚いた。百三十年経った現在も、内容は古びていない。

林太郎はいう、衛生とは「身外の物が人身の健康におよぼす影響を知る学問です」。だから、衣の一部として靴の健康面が大事なのだと。いわく、西洋ではどんな環境下でも靴を履くけれど、日本には下駄も草履も草鞋もあるし、畳の上では素足か足袋。用途に合わせて履き替える点において、靴より優れている。また、靴の場合、親指が外へ歪曲したり、人差し指や中指の変形、爪への弊害を招き、「足の畸形《きけい》」が生じる——なんと、林太郎は世に先駆けて「外反母趾《ぼし》」の危険性を指摘していたのだった。もし、ハイヒールの強制に異議を申し立てる「＃ＫｕＴｏｏ運動」を知ったら、パイオニアとして先頭を走って応援してくれるとおもうと痛快な気持ちになる。

林太郎にとって、靴についての考察は、異文化をつうじて衛生の概念を深掘りし、敷衍《ふえん》し、実践をうながす試みに違いなかった。ドイツ留学中、「靴工と大議論の末、無理に」衛生靴を作らせたと書き、その靴の図版まで念入りに掲載している。足先の部分を広げ気味にして、従来より中心軸を内側に移動させたその型は、一九九〇年代前半、ドイツ人の靴職人とデザイナーがベルリンで立ち上げたブランドの製品によく似ている。

ただし、論説の結論はちょっと腰砕け。「靴？　屐？」と大上段に構えてみたものの、自分の考案した靴ならば、一部の日本人（都会に住む交際家、洋行する紳士、下級官吏や兵卒、都会生活を営む人）に限って勧めます、と書くにとどめており、文末に措《お》くのは山東京伝の狂歌「山々の一度に笑ふ雪解にそこは靴々こゝは屐々《げたげた》」。どっちつかずの論を、自虐の笑いに持ちこんでお茶を濁している。靴という早すぎる話題のせいなのか、日本と西洋、あるいは伝統と革新との間で揺さぶられる姿がぽろりと露呈している。

気になることがある。話題豊富な「衛生新誌」だが、当時遅れていた軍靴の衛生については触れていない。陸軍軍医森林太郎は、「脚気《かつけ》論争」だけではなく、軍靴の改善についても提言したのだろうか。

衛生学を巡る論考

ドイツ留学し、公衆衛生学を学んだ森鷗外は医学博士として多くの論考や著述を残している。日本人による初めての衛生学の教科書『衛生新篇』（鷗外と東大医学部の同期で医学博士の小池正直との共著）に加えて、『陸軍衛生教程』『衛生学大意』は、鷗外が手がけた「衛生学書3部作」と呼ばれている。

衛生観念を根付かせることが、人々の健康につながると考えた鷗外。医学誌「衛生新誌」の創刊号では巻頭で「衛生新誌の真面目」と題し、「公衆の健康は、政府の一大目的なり」と論じた。

一方、当時の医学界で巻き起こった「脚気論争」では、病の原因を巡って論陣を張ったことで知られている。

「衛生学」の二面性

黒川創
作家

森鷗外（本名・林太郎）は、一八六二（文久二）年、津和野藩の典医の家に生まれた。廃藩置県を経て、十歳のとき、父とともに東京・向島に出郷。やがて、母、祖母、弟妹たちも上京し、ともに千住の家に移った。父・静男は、ここで町医者を始める。庭いじりと煎茶を愛する、質朴な暮らしの人だった。十代後半の長男・林太郎は、東京大学医学部に学びながら、学校が休みの時期に実家に戻ると、父の「代診」を手伝うことがあった。

医家として鷗外の生涯を見るなら、最大の転機は、二十二歳のとき、陸軍軍医として「衛生学」を修めるため、ドイツ留学に向かったことである。現地での四年間に、先覚者ペッテンコーフェルらに師事しながら、北里柴三郎らとともに細菌学者コッホにも学んだ。

日本社会においても、コレラなどの感染症が、繰り返し流行する時代だった。「衛生学」は、上下水道の整備や施設内での換気を促し、人間が集住を強める近代社会で、健康の構築を図ろうとするものだった。また、軍医という見地に立つなら、日清戦争を経て、日露戦争という近代総力戦に向かっていくなか、戦野での「衛生」の確立は切迫する課題だった。つまり、ここに現れてくるのは、父・静男までの牧歌的な医業とは異質な、「国家」を背に負う医学なのである。

にもかかわらず、のちに、感染症の猛威は、鷗外その人の家庭も容赦なく襲う。次男・不律《ふりつ》が、生後六カ月で、百日咳《ひやくにちぜき》により命を落としたのだ。五歳の長女・茉莉も感染したが、きわどく一命をとりとめた。

これもあってか、森家の子どもらは、衛生には厳しくしつけられた。次女・杏奴は述べている。

「私たちは実に多くの塵紙《ちりがみ》を用いた。便所の戸の開閉は一々この塵紙をあてて、恐るべき熟練さを以《も》って少しも周囲の物に直接手を触れるような事はない」（随筆『晩年の父』より）

これでも、なお安心できず、鷗外は、子どもたちに、料理屋などで便所に行くときには「手を洗うには及ばない」とも言った。誰がさわったかわからない蛇口などに触れるより、いっそ、そのまま家に帰ってから石鹼《せっけん》でよく洗うほうが、感染のリスクは低い、ということだろう。だが、一方で、杏奴は、こうした父の「驚くべき潔癖と衛生思想」には、「女を機械視」する傾向が含まれていた、とも指摘する。

軍医としての鷗外の仕事を見れば、それはさらに鮮明となる。たとえば、一九〇〇年、彼は「西班牙国首都売婬制度」なるドイツ語文献を口述で訳出し、みずから創刊にあたった「公衆医事」誌上に発表する。スペインの首都マドリードでの売春制度が、警察当局の許可の下、どんな仕組みで営まれているかを詳述したものである。この年、日本軍は、中国で起こった義和団の乱（北清事変）に対し、八千の将兵を天津、北京に向けて出兵させる。軍部としては、大規模な兵力を外地に移すにあたり、将兵の性欲への対処や健康（性病）管理、駐留する都市の秩序維持の方策などが、差し迫った研究課題となっていた。

私生活でも、鷗外は、最初の結婚相手を離縁してから、二度目の結婚までの十年余り、自邸近くに「隠し妻」を置いていた。だが、ドイツ留学中の「エリス」との交際と同様、この種の行動について、彼は日記にさえ痕跡を残していない。

子煩悩な良き家庭人としての鷗外の姿に、反面、「女を機械視」する彼の傾向が隠されていたのは、確かである。だが、彼は、人知れぬ悔恨を胸中に抱きつづけた人物でもあったのかもしれない。『普請中』に描かれる中年の白人女性歌手は、別離から二十余年を経て、東京の街に卒然と出現するエリスの幻であるかのようだ。鷗外には、知れば知るほど、不可解な二面性がついてまわり、そこに含まれている悪の気配も、彼の魅力の一部をなしている。

Keyword

『カズイスチカ』

『カズイスチカ』は1911（明治44）年2月1日発行の雑誌「三田文学」に掲載された短編小説。タイトルはラテン語で「臨床記録」を意味する。

大学で最新の医学を学んだ主人公の花房が、父の診察所を手伝っていた時期を回顧する物語。知識が古く、老いた町医者としてつまらない日常を送っていると思っていた父の眼識に気づく。当時印象に残った「下《か》顎《がく》の脱臼」「破傷風」「妊娠」の三つの症例が描かれる。

作品には鷗外と父親の関係が投影されている。「有道者の面目に近いといふことが、朧氣《おぼろげ》ながら見えて来た。そして其時《そのとき》から遽《にわか》に父を尊敬する念を生じた」と率直な思いがつづられている。

帝室博物館総長として

澤田瞳子
作家

大正五（一九一六）年四月、森鷗外は陸軍省を退任する。同年六月から「東京日日新聞」に小説『伊澤蘭軒』を、更に翌年十月からは『北條霞亭』の連載を始めていた多忙な彼が、帝室博物館総長兼図書頭に任命されたのは、この年十二月二十五日である。

引退したはずの鷗外が、なぜ再度官職を得るに至ったのか。それには、この九カ月前に発覚した事件が関係している。明治四十三（一九一〇）年に没した国学者・小杉榲邨《すぎむら》の遺品をその養子が売却したところ、聖武天皇の所用品と思《おぼ》しき帯や戸籍・経典など、奈良・正倉院から流出したと思しき宝物類が複数含まれていたと発覚したのだ。この事件については、東野治之「小杉榲邨旧蔵の正倉院及び法隆寺献納御物――その売却事件と鷗外の博物館総長就任――」（直木孝次郎先生古稀記念会編『古代史論集』下、塙書房、一九八九年）に詳しい。

正倉院の管理は当時、東京・京都・奈良の三帝室博物館の総責任者たる帝室博物館総長が兼ねていた。時の総長・股野《またの》琢《たく》はこの一大事に、「正倉院御物の流出はありえない。売却された品は偽物だ」と主張し、事態の沈静を試みた。だが流出品を正倉院御物と指摘したのが、元・正倉院御物整理係の男だったから、分が悪い。騒動自体はうやむやに揉《も》み消され、政府首脳は十二月に入ってから関係者の処分を行った。かくして股野に代わって帝室博物館総長に抜擢《ばってき》されたのが、鷗外だった。

鷗外にとって、これは予想外の人事だったのだろう。連載中の『北條霞亭』は任命翌日掲載分で打ち切られている。とはいえ鷗外は、与えられたイスにぼんやり座るだけの人物ではなかった。就任するや否や山ほどの書類に自ら目を通し、時には倉庫で収蔵資料の確認まで行い、博物館職員を狼狽《ろうばい》させた――と当時の新聞は報じている。

今日からは想像しづらいが、この頃、帝室博物館は「高等物置」と嘲笑され、たまに小学生の団体が訪れる程度のさびれぶりだった。そんな中、鷗外はまず展示方法の見直しを行った。それまでの「絵画」「彫刻」「工芸」という種類ごとの展示を止《や》め、「飛鳥」「奈良」「平安」と時代別の陳列に変更。現在の主流であるこの展示方法によって、明治末期から減少していた観覧者数は急増。大正九年には、大正五年の倍近い四十万人を記録した。
また鷗外は博物館の研究施設としての役割にも注目し、研究紀要「帝室博物館学報」を刊行。更には自ら博物館所蔵の図書を調査し、その巻数・著者・内容・状態を記した「帝室博物館書目解題」とそれらの著者についてまとめた「博物館蔵書著者略伝」を記した。これは和書二十二冊に及ぶ膨大なもので、鷗外の死によって未完となったが、当時の帝室博物館所蔵本約五千冊のうち八割強の解題を記録しており、資料に対する鷗外の真摯《しんし》な姿勢を感じさせるものである。

ところで帝室博物館総長として毎秋、奈良・正倉院開封に立ち会った鷗外は、大正十一（二二）年一月、雑誌「明星」に連作『奈良五十首』を発表している。

――主《ぬし》は誰ぞ　聖武のみかど光明子　帽だにぬがで見られんものか

鷗外着任当時、正倉院宝物の観覧は議員や有爵者など身分の高い者に限られていた。だが鷗外からすれば、学問のために拝観を熱望する学者が排斥され、宝物の価値すら理解せぬ者が「帽子すら脱がず」訪れる現状が我慢ならなかったらしい。着任の三年後、ふさわしい経歴を持つ学者・技術者には特別に観覧を許すと門戸を広げ、その条文化に成功する。

――はやぶさの　目して胡粉《ごふん》の註《ちゅう》を読む　大矢透が芒《すすき》なす髪

大矢透は上代日本語を専門とする国語学者。鷗外の勧めで奈良に移住し、正倉院所蔵の古経典の調査を行った老研究者の眼差《まなざ》しを、鷗外はハヤブサに例え、敬意を表している。『奈良五十首』が掲載された半年後、鷗外は六十歳で没し、結局この連作は彼の文学的活動の遺作となる。それが深い学術への尊敬の念や無理解への怒りによって彩られている事実は、文人・鷗外の生涯に亘《わた》る知識への関心を如実に物語っているといえるだろう。

Keyword

『奈良五十首』『帝室博物館書目解題』

鷗外は晩年に帝室博物館総長兼図書頭を在職のまま亡くなるまで4年半にわたって務め、国立博物館の前身である帝室博物館を統括した。

鷗外は在任中、正倉院の曝涼《ばくりょう》に合わせて奈良に滞在した。『奈良五十首』は、その際に詠んだ短歌が集められ、雑誌「明星」に一挙掲載された。正倉院のほか、東大寺や興福寺の法要「慈恩会《じおんね》」など、奈良の古刹《こさつ》を題材にした歌が多く詠まれている。「帝室博物館書目解題」は、博物館の事務用としてまとめられた目録。人文や自然科学など多岐にわたる図書の解題を鷗外自身が執筆した。広く深い知識を持った鷗外の「考証家」としての仕事ぶりが浮かび上がる。

改元への痛切な思い

猪瀬直樹
作家

僕が吉田増蔵という漢学者の足跡を追って九州・小倉を訪れたのは昭和五十七（一九八二）年であった。遺族のもとに宮内省専用箋に記された一五七ページの「年号索引」が残されていた。字引のような形式で「安永」「安元」から始まり「和銅」「和平」で終わる「あいうえお」順に歴代年号を整理したもので、そのひとつひとつに漢民族の王朝だけでなく北方民族、ベトナム、チベット、朝鮮半島、もちろんのこと日本列島含めて東アジア一帯まで目配りされ、注記が施されている。

「明治」は「南詔」（雲南・チベット周辺）で使用されており、また「大正」は「安南（越）」（ベトナム周辺）で使用されていた、など「年号索引」はきわめて実用的なつくられ方をしている。

なぜこの「年号索引」がつくられたか。答えを先に示すと、「昭和」の元号を作成したのは吉田増蔵であり、吉田が気にしていたのは新元号が過去に使用されていてはならぬ、あくまで新製品でなければいけないとの森鷗外の遺志を忠実に実行するためだった。

鷗外の最後の仕事は『元号考』であった。鷗外は大正六（一九一七）年十二月二十五日に宮内省帝室博物館総長兼図書頭《ずしょのかみ》に任ぜられている。陸軍軍医総監・陸軍省医務局長を辞して以来、一年八カ月振りの官職復帰である。まず手がけたのは『帝諡《ていし》考《こう》』、天皇の諡《おくりな》についての考証だった。その後、『元号考』の探究に向かっていた。

「明治は支那の大理（南詔）という国の年号にあり……大正は安南人の立てた越という国の年号にあり……不調べの至と存候《ぞんじそうろう》」と友人に憤りの書

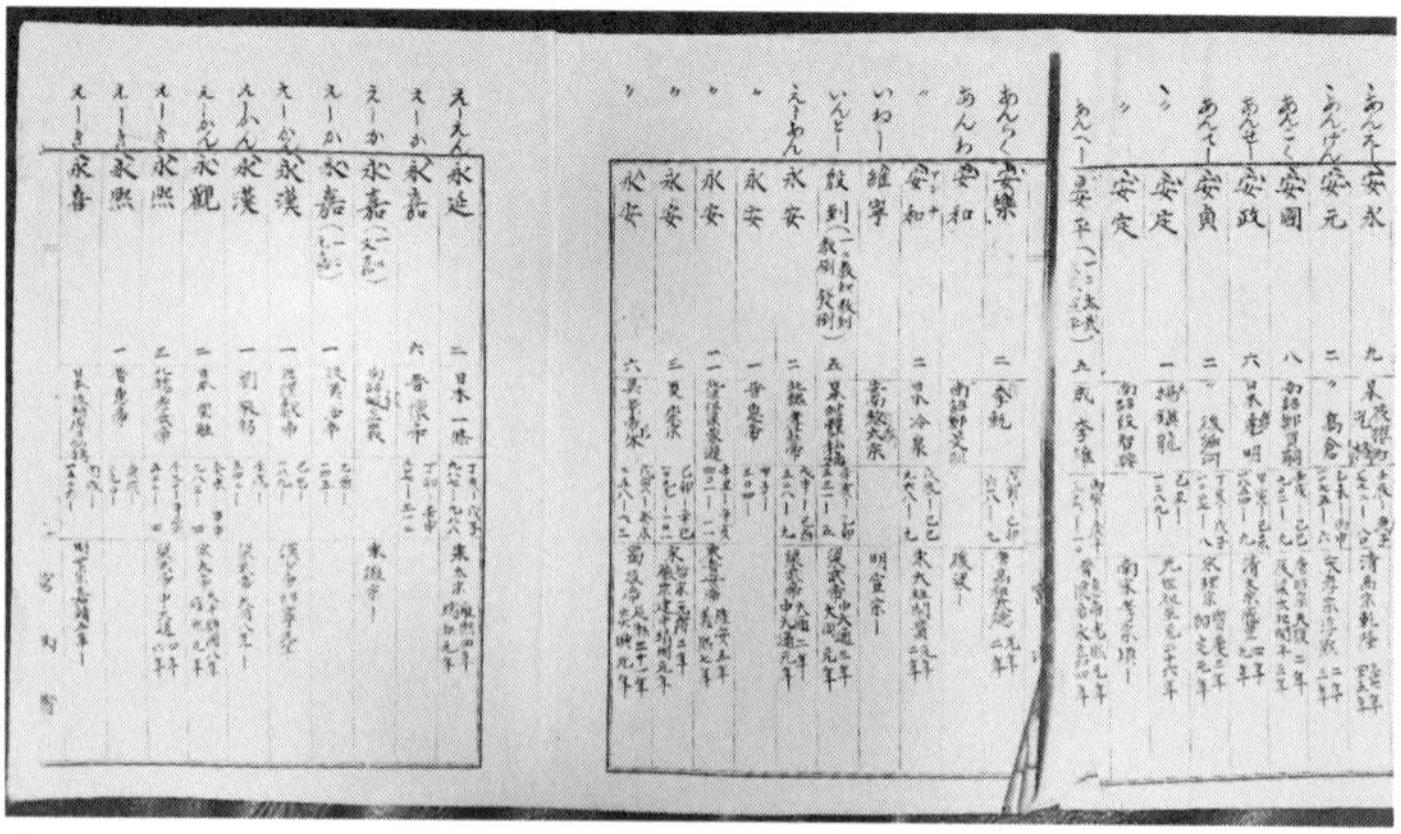

吉田増蔵が作成した「年号索引」の一部（筆者提供）

簡を送っている。この二年後の大正十一年五月の友人宛て書簡は、死期を予感して鬼気迫るものであった。

「女、酒、煙草《たばこ》、宴会、皆絶対にやめている。…僕の目下やっている最大著述（中外元号考）に連繫《れんけい》している。これをやめて一年長く呼吸していると、やめずに一年早く此世《このよ》をおいとま申すとどっちがいいか考物である。又僕の命が著述気分をすてて延びるかどうか疑問である」

この三週間後、六月十五日、病床に就いた。二十日、「呼吉田増蔵託事」とある。そして三十日から日記を吉田増蔵に代筆させた。鷗外は『元号考』を完成させることができず七月九日に没する。

鷗外にとって『元号考』は「最大著述」なのだ。しかしその完成を俟《ま》たずに死ぬ、これでは死に切れない。漢学者であり宮内省編修官であった吉田は鷗外の『元号考』を手伝っていた。次代の元号を託された吉田増蔵は、未完の『元号考』の補助として実用的な「年号索引」をつくることにした。

なぜ鷗外は完璧な元号をつくろうとしたのか。

『かのやうに』（明治四十五年一月）で「万世一系」に対するジレンマを書いた。『かのやうに』の主人公五条秀麿は大学で歴史を専攻した後、ドイツに留学、帰国後に歴史家を志す、鷗外の分身である。秀麿は、神話が歴史でないと言明することなしには科学的な歴史の研究は不可能であると感じて懊悩《おうのう》する。

「うかと神話が歴史でないということを言明しては、人生の重大な物の一角が崩れ始めて、船底の穴から水の這入《はい》るように物質的思想が這入って来て、船を沈没させずには置かない」のであり、「祖先の霊があるかのように背後《うしろ》を顧みて、祖先崇拝をして、義務があるかのように、徳義の道を踏んで、前途に光明を見て進んで行く」と立ち位置を定めた。

明治国家は、伊藤博文や山県有朋ら維新世代が建設した。鷗外や夏目漱石は貧しい国家が未来を託して海外留学をさせた第二世代であった。建設に加え、リベラルアーツで内装を充実させねばならない。彼らの後につづく自然主義作家たちは明治国家の権威に反撥《はんぱつ》する。だが家長の鷗外には明治は慌ててつくった安普請の天守閣に見えた。権威は壊すよりつくるほうが難しい。せめて金の鯱《しやちほこ》にあたる元号ぐらい完璧にしておきたい。それが鷗外の痛切な思いであった。

なお、「明治」は十回も候補になっており、「大正」も三回落ちている。「昭和」はそういうことが一度もない。「平成」は江戸時代最後の元号「慶応」を決める際の案にあった。「令和」は候補に挙がったことはない。鷗外の遺志はこうして結実しているのだと思う。

Keyword

『元号考』

鷗外は図書頭として１９２１（大正10）年、歴代天皇の諡《し》号《ごう》の出典を考証した『帝諡考』を刊行。前著をまとめている一方で、『元号考』の作業を始めた。大化から明治まで２４０余りの元号について考証したもの。各元号の出典、判明する限り他の候補も挙げ、それぞれ上申した人物も紹介する。最晩年に取り組んだ大仕事だが、完成をまたずこの世を去った。遺志を託された吉田増蔵が補《ほ》填《てん》し、第１次鷗外全集に収録された。

『元号考』は『元号通覧』と改題し２０１９年5月１日の改元に合わせ、講談社学術文庫から刊行された。猪瀬直樹さんは１９８３年『天皇の影法師』で、『元号考』の意味を読み解いた。

「大逆事件」めぐる矛盾

永井愛
劇作家

陸軍軍医総監、陸軍省医務局長という軍医の最高位にありながら、旺盛な文学活動を展開する森鷗外を、同時代の思想家、三宅雪嶺は「調和すべからざる二つの異なった頭脳」を持っていると批判した。国家に絶対的忠誠を誓う軍職者の頭脳と、『ヰタ・セクスアリス』のごとき風俗を壊乱する小説を書く頭脳を無理に両立させたら、手も足も出なくなるはずだと。

日露戦争後、思想、言論の統制を強める政府を鷗外は厳しく批判した。だが、その政府を操っているのは元老山県有朋であり、山県は鷗外を軍医の最高位に引き上げた恩人でもある。この危ういバランスを生きる鷗外の矛盾が極まったのは、「大逆事件」をめぐって相反する立場に立たされた数か月だろう。

『定本平出修集』第三巻には、一九一〇（明治四十三）年十月に、平出修が大逆事件の弁論準備のため、たびたび鷗外宅を訪れたという記述がある。評論家で歌人の平出は、雑誌「昴」を発行する一方、弁護士としても活動し、紀州組の被告二名の弁護を任されていた。海外思想に詳しい鷗外から、社会主義、無政府主義について教えを受けるよう勧めたのは与謝野寛らしい。鷗外の日記には、同年十二月十四日に、「平出修、与謝野寛に晩餐《ばんさん》を饗《きょう》す」の記述が現れるが、平出の弁論の日が近づいたその頃まで、断続的に会っていたのだろう。その内容を鷗外は一切記さなかった。「主義者」の弁護に協力した証拠を残したくなかったからかもしれない。

同時期、鷗外の日記には「永錫《えいしゃく》会」という文字が目立つ。こちらも内容の記述はないが、残された書簡によると参加者は、元老山県有朋、文部大臣小松原英太郎、内務大臣平田東助、内閣法制局長官安広伴一郎、帝大教授穂積八束、国文学者井上通泰ら、政府や学界の要人。鷗外は山県のブレーンだった親友の賀《か》古《こ》鶴《つるど》所に誘われ、ともに参加していた。

永錫会の資料は未発見だが、社会主義一掃のための対策を練る、山県の私的な秘密組織だと推測する研究者は多く、司法に先んじて大逆事件の判決まで決めた可能性も指摘されている。平出との話から、この事件は国家による思想弾圧であり、ほとんどの被告は無罪だと認識していた鷗外は、どんな思いで永錫会の席についていたのだろうか。

この時期に書かれた二つの小説から、その心境が窺《うかが》える。

一つは『沈黙の塔』という寓意《ぐうい》的な短篇。

社会主義や自然主義などの「危険な書物」を読む仲間を殺しては、「沈黙の塔」に運び込む「パアシイ族」。塔の上で舞う烏《からす》の不気味な姿に重ねて、「どこの国、いつの世でも、新しい道を歩いて行く人の背後には、必ず反動者の群がいて隙を窺っている。そしてある機会に起って迫害を加える」と、言論、思想を弾圧する側への強い批判が鮮明にされている。あの時代によくぞと思うが、平出の影響もあったのではないか。司法を信じて弁護の想を練る彼への共感が、司法を歪める国への強い憤りとなって、鷗外のペンを奮い立たせたのかもしれない。いずれにしろ、山県らがこの作品を問題にしなかったはずはない。

そのせいか、ひと月後に発表した『食堂』では、三人の男たちが大逆事件を話題にするものの、政権への批判は影を潜める。ただし、後半に奇妙な展開がある。

若い山田が、「こん度の連中は死刑になりたがっているから、死刑にしない方が好《よ》いというものがあるそうだが」と言い出し、被告らに批判的な犬塚も、「これまで死刑になった奴《やつ》は、献身者だというので、ひどく崇《あが》められているそうじゃないか」と応じ、鷗外の分身と見られる木村が、「随分盛んに主義の宣伝に使われているようですね」と結ぶ。正攻法では被告らを救えないと見た鷗外の、究極の変化球ではないだろうか。

被告として獄中にいた幸徳秋水は、これらの作品を読み、「人間と社会とを広く深く知って居《お》られる」と平出への手紙で賞賛した。二つの頭脳を生きながら、なお改革者であろうと苦悶《くもん》した鷗外の文学は、死を前にした幸徳の胸に響いたのだ。

Keyword

『沈黙の塔』『食堂』

『沈黙の塔』は1910（明治四十三）年11月1日発行の文芸誌「三田文学」に掲載された短編小説。カラスが群れをなす「沈黙の塔」の下に、車を引いた馬が何かを運び入れる。「危険なる洋書」を読んだパアシイ族の死骸だった。パアシイ族の間では、自然主義や社会主義の本を危険な書物として扱い、読んだ仲間を殺していた。

『食堂』は『沈黙の塔』の発表から、わずか1カ月後の同誌に掲載された短編小説。役人の木村は食堂で、同僚の犬塚や山田と話をする。3人は世間をにぎわせている無政府主義者や虚無主義者について語る。

両作とも、社会主義者の幸徳秋水らが弾圧された「大逆事件」に触発されて執筆した。

森家系譜

一世 森玄佐 津和野藩典医

（略）

十二世 白仙 ＝ 於清

十三世 静泰（維新後静男に改名）＝ ミ子《みね》（峰子）

十四世 林太郎（鷗外《おうがい》）＝ 登志子《としこ》 赤松則良・貞 長女 離縁

十四世 林太郎（鷗外《おうがい》）＝ 志げ 荒木博臣・阿さ、長女

篤次郎《とくじろう》（三木竹二） 医師・劇評家

キミ（喜美子） 小説家、翻訳家

潤三郎 考証学者

富貴《ふき》 ＝ 於菟《おと》

真章《まくす》 ＝ 里子
美奈子

令子 ＝ 富《とむ》

和子 ＝ 礼於《れお》

綾子 ＝ 樊須《はんす》
千里

利津 ＝ 常治《じょうじ》

山田珠樹 ≠ 茉莉《まり》 ≠ 佐藤彰
爵《じゃっく》　亨《とおる》

不律《ふりつ》

小堀四郎 洋画家 ＝ 杏奴《あんぬ》
桃子　鷗一郎

美穂子 ＝ 類《るい》
五百《いお》　佐代　りよ　哲太郎

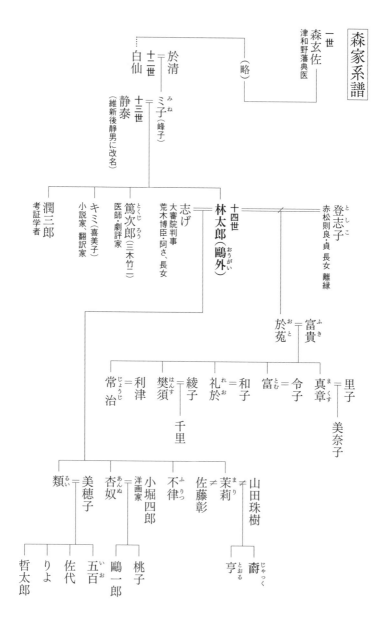

V

家族のなかで

モノグラムの謎

今野　勉
テレビ演出家

鷗外・森林太郎の遺品の一つに「ＭＲモノグラム原板」がある。モノグラムとは氏名の頭文字のことで、ＭはＭｏｒｉ、ＲはＲｉｎｔａｒｏのモノグラムだ（写真）。私がこの原板を初めて見たのは、昭和五十三（一九七八）年、鷗外の生涯を描く三時間ドラマの下調べのため鷗外記念館を訪れた時である。この原板が何なのか、記念館でもよく分かっていなかった。調べてみると、ヨーロッパの家庭で主婦が家族のハンカチや肌着にモノグラムを刺繍する時に使う型金であることが分かった。

陸軍省軍医・森林太郎は、明治十七（一八八四）年ドイツに留学した。四年後に帰国した際、ＭＲのモノグラムを刺繍したハンカチ入れを持っていた。林太郎の帰国直後にドイツ人女性が来日した。女性は一カ月余の東京滞在のあとドイツへ戻った。一説では、金目

MRの
モノグラム原板
縦19.5センチ、横16.4センチ、
厚さ0.1～0.2ミリ
＝文京区立
森鷗外記念館所蔵

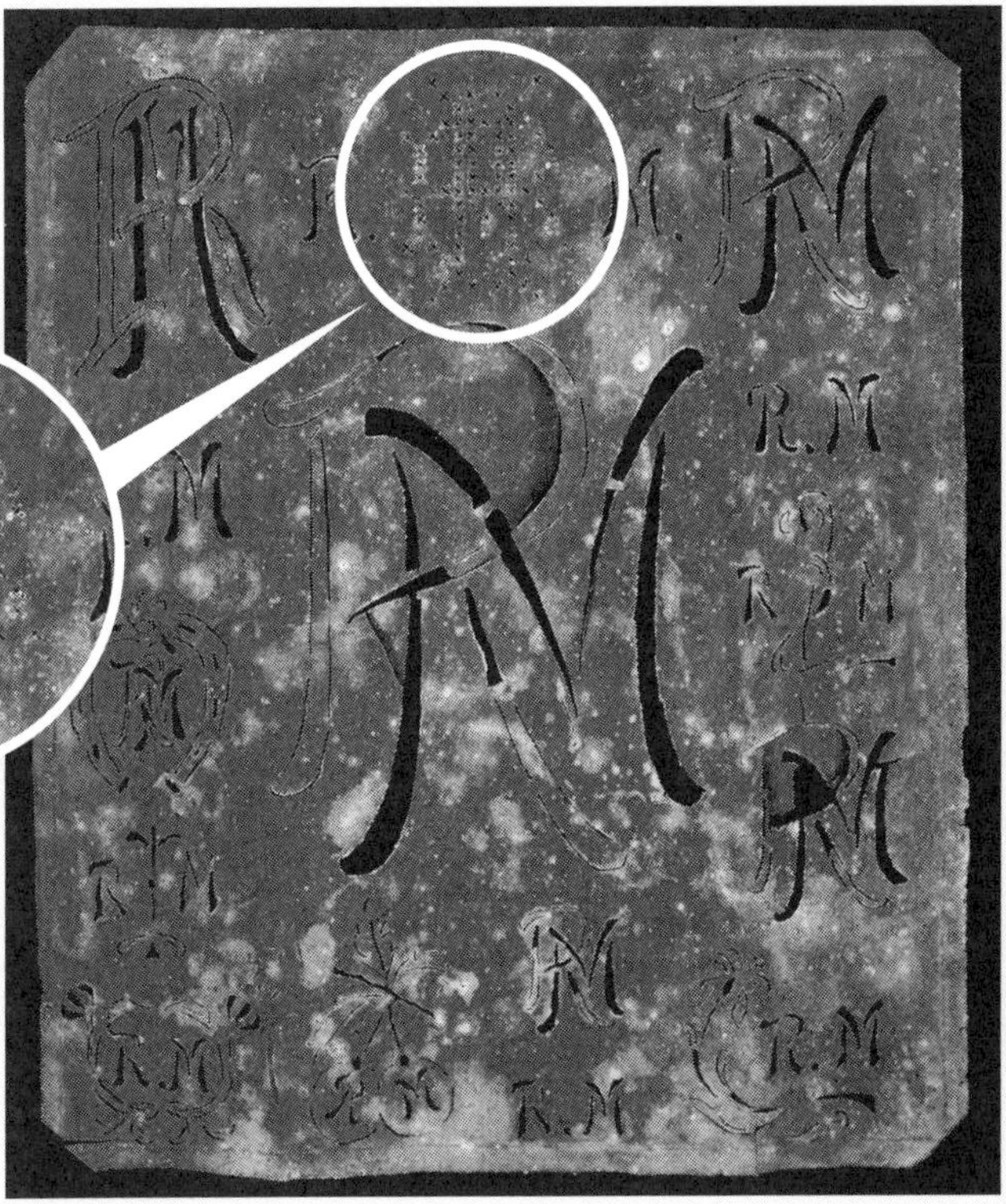

拡大写真

×印の模様

図1

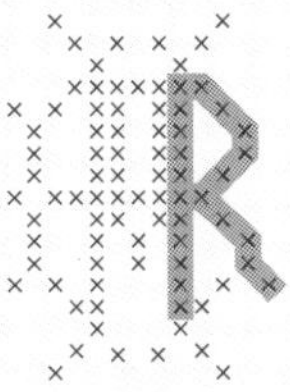

図2

図3

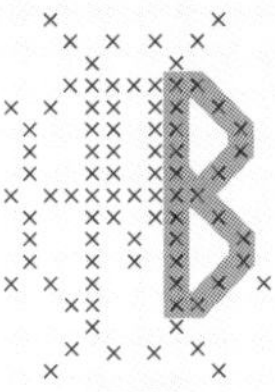

図4

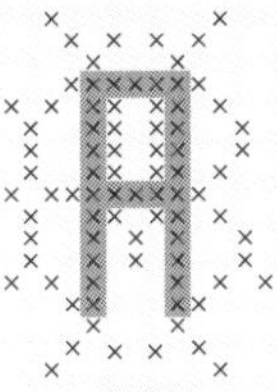

図5

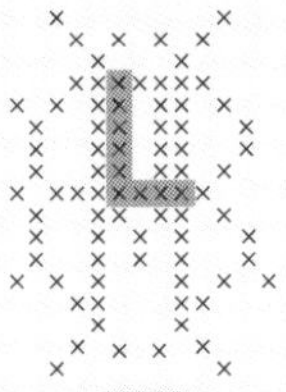

図6

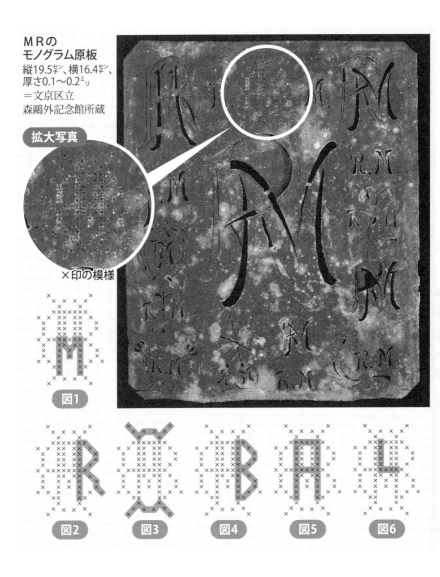

当てに来日した下賤の女と伝えられていた。しかし、ＭＲ原板の存在は、ドイツ人女性が林太郎と家庭を持つために来日したことを示している。

不幸にもドイツへ戻ることになって女性は原板を林太郎に遺《のこ》していったのだと私は考えた。当時女性の名前も素性も分かっていなかったが、私の考えが新聞に載った。すぐに小説家・野溝七生子さんから連絡があった。「私もそう思う。彼女は林太郎を愛した、林太郎を信じた、だから来た。彼女が誰かと問うことは、彼女の名前や素性を明らかにすることですむことではない。彼女の精神のありようを考えることこそ、その問いの意味なのです」。私は野溝さんの言葉を胸に原板と向かいあうことになった。

原板の上部に小さな×印を連ねた模様がある（拡大写真）。この模様は稀に男と女のモノグラムを組み合わせたシンボルマークとなることがある、と教えてくれたのは手芸研究家・市川久美子さんだった。確かにＭとＲが明確に読みとれた（図❶❷）。さらにＷとＢがあった（同❸❹）。ＷＢは女性のモノグラムの可能性があったがこの時はここまでだった。

昭和五十六（一九八一）年、中川浩一、沢護両氏が、当時の外国船の乗客名簿を探り当て、一等船室の乗客にＥｌｉｓｅ　Ｗｉｅｇｅｒｔ（エリーゼ・ヴィーゲルト）の名を見つけた。姓のＷはＭＲ原板の×印にあるモノグラムと一致した。しかし、なぜかエリーゼのＥがない。

平成十二（二〇〇〇）年、植木哲氏が当時のベルリン住所録からＷｉｅｇｅｒｔ姓で名がＡｎｎａ　Ｂｅｒｔｈａ　Ｌｕｉｓｅ（アンナ・ベルタ・ルイーゼ）という十代の女性を見つけた。植木氏はこのルイーゼがエリーゼと名乗って来日したとの説を唱えた。×印を見直すと、確かにＡとＬがあった（同❺❻）。ＡＢＬＷが揃った。偶然とは思えなかった。私はＭＲとＡＢＬＷの拡大図をドイツ歴史博物館に送って判定を依頼した。「六文字はドイツ活字体として認定できる」と返事が来た。ブレーメンの航海博物館に「本名ルイーゼがエリーゼと名乗って乗船できるか」と問うた。「当時は旅券が不要だったので愛称でも乗船できる」。これが返事だった。私がエリーゼを追うドキュメンタリー番組の取材のためにドイツを訪れたのは、結局、平成二十二（二〇一〇）年だった。しかし「ルイーゼがエリーゼを名乗った」とは実証できなかった。

　ただ、思いがけない収穫があった。ベルリン市立博物館でこう言われたのだ。「当時モノグラムの型金はすべて機械彫りの大量生産で×の部分も機械彫りでした。ところがこのＭＲモノグラムの×印部分は、素人の手彫りになっている。これは極めて特殊な例です」。確かによく見ると×は不揃いであった。

　翌二十三（一一）年、六草いちか氏が、Ｅｌｉｓｅ　Ｗｉｅｇｅｒｔそのものの名前の少女の実在をつきとめ、一件は落着した。私は納得しつつ、ＭＲ原板の謎に今も向き合っている。誰が何のために、どんな気持ちで、小さなハンマーとノミで83個もの×を刻んだのだろう。エリーゼならなぜEを刻まなかったのか。エリーゼでないのなら、誰なのか――。

Keyword

『舞姫』『普請中』

『舞姫』は１８９０（明治23）年、雑誌「国民之友」1月号に掲載された鷗外のデビュー作。悲恋を描いた代表作として知られる。

若きエリート官僚の太田豊太郎は留学先のベルリンで踊り子のドイツ人女性エリスと出会う。しかし、将来を不安視した親友からの助言で別れを決意した太田はエリスを置いて、ベルリンを離れる。

鷗外自身にベルリンへの留学経験があることから、エリスも実在の人物としてそのモデル探しが長年、関心を集めてきた。

一方、『普請中』は官吏の渡辺が東京の精養軒ホテルで、来日したドイツの歌姫と再会する短編小説。１９１０（明治43）年6月の「三田文学」に掲載された。

結婚脱出の夢

持田叙子
国文学研究家

結婚には、人それぞれ向き不向きがある。今はもちろん自分で選べる。しかし森鷗外が男ざかりを生きた明治・大正時代はちがう。社会的地位のある男性が結婚しないのは異様なことだった。

時代のプレッシャーに押されて鷗外は二度、結婚にいどんだ。しかし初回の離婚をふくめ、どうも結婚生活になじめてはいない。とくに妻の感情生活と対決し、疲れきった。〈妻のトリセツ〉を知らなかった。それだけ真摯《しんし》で誠実だったともいえる。

子ぼんのうだった。日記には冬になるとほぼ毎日、子どもの風邪を心配する記述がつらなる。子らを膝に抱き、西欧のおとぎ話を語った。いっしょに散歩し、草花の名を教え、平凡な日常を楽しむことを教えた。

長女の茉莉にあたたかい思い出がある。おさない日、悲しいことがあると母よりまず、父のそばへ駆けていった。父はふところから半紙を出して茉莉の目をぬぐい、紙についた両目の涙を日の光に透かし、「おまり、そら、大きなお団子、大きなお団子が二つ」と微笑した。安心してふっと悲しみが溶けたという。（森茉莉「細い葉蔭への愛情」より）

鷗外は自分の子どもだけを愛したのではない。女性思想家エレン・ケイの児童論にも関心ふかく、小児の無垢《むく》な心は大人の教師だと考えた。子どもは大人より賢い。ちいさな人の胸のうち――悲しみも喜びもよく聞かねば、と言っていた。

一方で彼の家庭生活は戦いでもあった。それを表すのが『半日』という短篇《たんぺん》小説である。明治四十二（一九〇九）年の発表。舞台は、母の希望でいかめしい門と土塀を構えた団子坂の森邸。嫁姑《よめしゅうとめ》が競う邸では、妻の志げを映す「奥さん」と、鷗外を映す「博士」とが葛藤をつづける。

「日に何遍となく繰り返される、印刷したやうな奥さんの詞でも、たま〳〵内にゐて、半日の間たて續《つゞけ》に聞いてゐると、刺戟《しげき》が加はつて來て、脳髄《のうずい》が負擔《ふたん》に堪へなくなつて來る。（中略）奥さんが『何とか仰やいよ』と肉薄して來て、白く長い指が博士の手首に絡《から》んで來るのはかういふ時である」（『半日』より）

たった半日。それでも家にいる時間が博士にはつらい。妻に責められ、「脳髄」が壊されそうな恐怖が鷗外にはあったらしい。体力のおとろえた晩年はとくに、十八歳下の若い妻を恐れることしきりであった。親戚の男性に、妻は家庭を支配する「魔王」だと訴える手紙さえ残る。

鷗外の一族は、貧しさに耐えて成功した努力向上型。妻の志げは、華族女学校出のお嬢さま、華やかな消費型。生産文化と消費文化の争いでもある。根が深い。

どちらの志向する〈家〉も鷗外はいやだった。母の願う立身出世家庭も、妻の願うブルジョア家庭もいや。鷗外はそうした既成のレールに乗った結婚と家庭を異化し、脱出しようとしていた形跡がある。

まず子どもたちの名に、親の名を刻印しなかった。先妻との間の長男は於菟、長女は茉莉、次女は杏奴、三男は類《るい》。血の系譜より、オットーにマリ、アンヌ、ルイと世界に通る国際性を大切にした。母の好む石庭とは別に、自身で種子をまき、花壇を工夫し、ドイツ風の花畑をつくった。

ハイカラ趣味と単純に片づけられない。士族家庭の威厳を壊し、核家族のエゴイズムも超え、鷗外はもっと自由な新しい家庭をつくりたかったのではないか。結婚の土台をなす男女のカップル・ルールさえ超えたかったのかもしれない。

『灰燼《かいじん》』という不思議な小説がある。明治四十四年から四十五年の発表。可憐なお嬢さんと青年の恋物語で始まるが、青年はしだいに或る不良少年に惹かれる。少年は元は女の子と思われていた。

医学者らしく冷静につづる形を取りながら、「男でもなく女でもない」天使のような美少年に魅せられる想いがにじむ。『灰燼』は未完であるが、鷗外の恋の深みと結婚脱出の夢をのぞかせる。

次女の杏奴の回想によれば、鷗外のドイツの恋人——かの『舞姫』のエリスのモデルは、森邸近くの商店で働く少年に面影がよく似ていたという。鷗外は必ずしも、男女の結びつきのみを絶対視する人ではなかったのである。

Keyword

『半日』『灰燼』

孝明天皇祭の午前7時から昼食の支度までの日常を描いた『半日』は、嫁姑問題など自らの家庭事情を素材にし注目を集めた。文芸誌「昴《すばる》」第3号に掲載されたが、森鷗外の妻志げの意向で単行本化はされなかった。九州・小倉への赴任や日露戦争を経て帰京し、文壇の本格復帰を目指した鷗外にとって初めての口語体小説。

『灰燼』は文芸誌「三田文学」で連載された長編小説。同時期に「昴」で代表作『雁』も連載し、創作に意欲的だったが、『灰燼』は未完のまま1912年に終わる。鷗外は同年の乃木希典陸軍大将の自死に影響を受けたとされ、その後歴史小説などへと方向転換していく。

パッパと子供たち

朝井まかて

作家

「いいお子さんですね」

他人に子供を褒められると、鷗外は「はあ、いい子です」と、臆面もなく答えた。周囲は「あれが西洋流なのかねえ」と、苦笑していたようだ。親子の密着度が高い現代では珍しくない〝子褒め〟だが、西洋よりもむしろ江戸時代の子育てに近いように私は思う。日本人は、子が幼い間はともかく可愛がって育てた。むしろ当時の西洋の方が、子供は親に隷属する存在だ。鷗外の文学に見て取れる通り、彼は決して西洋至上主義ではない。

ただ、明治の時代にあってはやはり稀有《けう》な父親であっただろう。子供たちの名前が於《お》菟《と》、茉莉《まり》、不律《ふりつ》、杏奴《あんぬ》、類《るい》と西洋風であったことは有名だが、「アンヌコ」「ボンチコ」などの愛称で可愛がりに可愛がり、自身は「パッパ」と呼ばれた。

子供たちが悪戯《いたずら》や粗相をしても、叱りつける妻・志げを窘《たしな》める。

子供はそういうことをするものだ。怒らないで優しく言い聞かすがよい。頭ごなしに叱るな。子供の話はじっくりと聞いてやらねばならん。

しかもお題目だけを唱えて実際の世話は妻任せ、という人ではない。夜中に目を覚ました子供を雪隠《せっちん》に連れていくのも鷗外だ。スイッチ一つで明るくなる現代とは違い、観潮楼の二階の夜闇は子供にはさぞ怖かっただろう。鷗外は幼い子の手を握り、長い廊下を歩いて連れて行く。寒い季節でも雪隠の戸の外で待っていて、零《こぼ》れた一滴二滴を懐紙で丁寧に拭き取ってから、また手を引いて寝間に戻る。

学校に上がれば、勉強もよく見てやった。苦手な教科があれば学校を休ませ、勧めてい

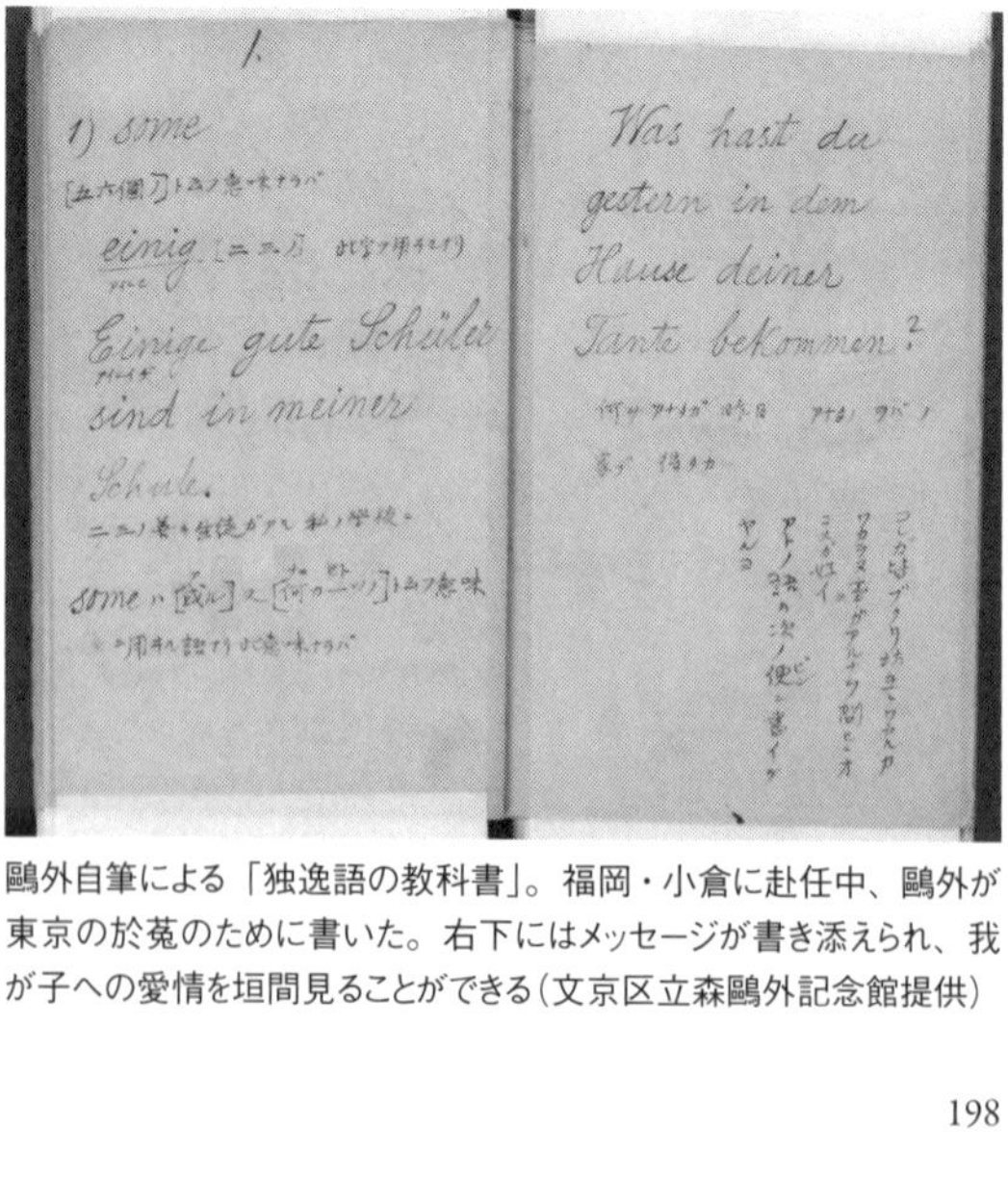

鷗外自筆による「独逸語の教科書」。福岡・小倉に赴任中、鷗外が東京の於菟のために書いた。右下にはメッセージが書き添えられ、我が子への愛情を垣間見ることができる（文京区立森鷗外記念館提供）

た帝室博物館に同道して自室で勉強させるほどの熱心さだ。参考書も自作して与えた。ちなみに、長男の於菟は「学問の中で父の最弱点は数学で簡単な加算などよく間違えた」と随筆に記している。

鷗外は書斎にあってはきっぱりとした態度で机に向かっていたようだが、小説の執筆の最中でも子供が顔を覗かせれば頬笑《ほほえ》んで招き入れ、膝上に抱き上げて仕事を続けた。観潮楼を訪れた客と歓談している最中に子供が闖入《ちんにゅう》しても咎《とが》めもせず、ちらちらと面前で動く子供の躰越《からだご》しに顔を出しては話を続ける。その客というのが斎藤茂吉で、後年、末子の類に笑いながら語ったらしい。

散歩にもよく子らを伴い、本屋や茶店に寄り、一家で植物園や動物園にも出かけた。鷗外は四阿《あずまや》に腰掛けて本を開く。パッパが読書をする姿が見えるだけで子供たちは安心して、芝生を駈《か》け回る。

晩年、奈良の正倉院に出張した際はすでに病身であったが、ほとんど毎日、そばで語りかけるような言葉を葉書《はがき》で送った。手ずから摘んだ蓮華《れんげ》草を押し花にして貼った葉書もある。

そんな父親は、子供にとって世界のすべてになる。割を喰《く》うのは躾《しつけ》に厳しい母親の方で、子供たちは母を恐れた。そのことに鷗外が気づかぬわけはない。それでもひたすらに慈しみ、子供に親切を尽くした。

それは、壮絶なほどに克己心の強かった鷗外が唯一見せた自儘《じまま》であったような気がする。子供たちを溺愛することだけは、自らに許したのではないか。

鷗外の没後、子供たちの喪失感は尋常ではなかった。いつの季節にも景色にも父親の面影を探し、声や匂いや仕草を思い返した。そうしなければ呼吸できないとでもいうほどに。

長じて後は、それぞれに父を書くことになる。於菟は医学者らしく冷静で控えめな筆致で『父親としての森鷗外』を、茉莉は貴族的で甘美な文体で『父の帽子』を、杏奴は切ないほどに真率な愛情で『晩年の父』を書いた。類の『鷗外の子供たち』の文章は、佐藤春夫をして「貴いユーモア」があると言わしめた。

志げは『平日』によって悪妻ぶりが世間に流布されたひとだが、子供たちには「偉い人の妻ほど大変なものはない」と洩《も》らしていたらしい。ただ、彼女も鷗外の勧めによって小説を書いた時期がある。克明で華やかな文章もまた、子供たちに受け継がれているように思う。

むろん子供たちの人生にも、鷗外の子であるがゆえの波乱、苦悩があった。けれど病床に臥《ふ》した父と看病する母の姿を、しみじみと書き留めている。

彼らも書くことによって、人間・鷗外とその家族を思索したのである。

Keyword

文才にあふれる家族

森鷗外は2度の結婚で5人の子供に恵まれた。次男不律は幼くして亡くなったが、長男於菟、長女茉莉、次女杏奴、三男類はいずれも執筆活動に旺盛で、エッセーを中心に多くの文学作品を書いている。

とりわけ、茉莉は『父の帽子』で日本エッセイスト・クラブ賞を受賞し、50歳を過ぎてから作家として本格的に活動。小説『甘い蜜の部屋』で泉鏡花文学賞を受賞するなど高く評価されている。妻志げも、鷗外の『半日』とは別の視点で自らの家庭生活を描いた『波瀾』を執筆。「青鞜」などの雑誌にも多数寄稿した。鷗外の妹小金井喜美子も翻訳家として知られる。文才にあふれる家族といえる。

食べ物の好み

嵐山光三郎
作家

鷗外がドイツ留学で学んだのは衛生学である。細菌学者コッホについて衛生試験所で研究に従事した。そのため、なまものに対して極度の警戒心を持ち、当然ながらなま水は飲まず、果物もなまで食べることができない。果物は煮て食べた。梅、杏子《あんず》、水蜜桃、天津《てんしん》桃は煮て砂糖をかけて食べた。極端な潔癖症になり、牛乳が嫌いだった。母親の峰子が砂糖や葡萄酒《ぶどうしゅ》を加えて飲まそうとしたが、手つかずのまま残されていた。

隠元豆、ソラ豆を好んだ。ソラ豆を食べるときは机の横に、いつも濡《ぬ》れた布巾を置いた。指をふくためである。子どもたちを連れて東京・上野や銀座の西洋レストランへ出かけたが「マヨネーズのようなドロドロしたものは食うな」と言うのが常だった。店が出したドロリとしたものは衛生学上、許されざる料理だった。

ではないか、というと焼き芋だった。宮内省図書頭《くないしょうずしょのかみ》であったころ、焼き芋をとりよせるので、職員が「閣下は焼き芋がお好きですか」と訊くと「消毒してあって滋養に富んでいるからなあ」と答えた。

役所へ持っていく弁当は、決まって握り飯二個であった。母が手作りした二個の焼き握り飯で、それを見た同僚は「よほどの倹約家だ」と噂しあったが、中身は炒《い》り卵とか小魚を辛く煮た心づくしの品で、よく見ると「上等の握り飯」だった。

明治四十（一九〇七）年（四十五歳）、自宅へ与謝野寛、伊藤左千夫、佐佐木信綱ら歌人を呼んで観潮楼歌会を催してドイツ料理をふるまった。日露戦争に第二軍軍医部長として出征し、奉天戦で勝利して、凱旋したときである。この年、陸軍軍医総監になった。ドイツのレクラム文庫（岩波文庫が範とした文庫）の料理本をもとに、妻や妹喜美子が調理した。長女の森茉莉は「どよめくような笑いが観潮楼を揺すぶるように湧き起った。少し静かになったと思うと又湧き上る。（中略）華やかな、幸福の響き」（『父の帽子』所収の「幼い日々」）と回想している。

東京大学附属図書館の鷗外所蔵本棚のすみっこにレクラム文庫料理本があるのを見つけて、訳し、そのレシピをもとに再現（調理は道場六三郎氏）してNHKテレビで紹介する（平成十一年「食は文学にあり」）と評判になった。塩胡椒《しおこしょう》の味だけでホワイトソースやトマトソースは使わない昔のドイツ流だ。挽肉《ひきにく》から出る肉汁《スープ》だけで食べるキャベツ巻きや、ジャガ芋コロッケといった質素な洋食だが、この席では酒嫌いの鷗外も日本酒を飲んだ。親友の賀古鶴所《かこつるど》が大酒を飲むのを痛快とした。ドイツ留学中の研究に「ビールの利尿作用に就いて」という論文がある。留学中はドイツの友人とたびたびビールを飲んで、自分を実験材料とした。

次女の小堀杏奴は「父は甘い物を御飯と一緒に食べるのが好きで、（中略）お饅頭《まんじゆう》を御飯の上に乗せてお茶をかけて食べたりする」（『晩年の父』所収の「思出」）と回想している。ごはんの上にアンコ入りの饅頭を割ってのせ、煎茶をかけて食べた。森茉莉も「どこかで葬式があると昔はものすごく大きな饅頭が来た。（中略）四つ位に割って御飯の上にのせ、煎茶をかけて美味《おい》しそうにたべた。（中略）薄紫色の品のいい甘みの餡《あん》と、香《にお》いのいい青い茶とが溶け合う（中略）禅味のある甘みだ」（『記憶の絵』所収の「鷗外の味覚」）と書いている。嫌いなものは鯖《さば》の味噌煮《みそに》と福神漬。鯖は下宿屋で、福神漬のほうは戦地で毎日食べさせられたからだと言っていた。（「思出」）

山県有朋公の椿山荘に招かれるとき、「上等な西洋料理を頂戴したあとで、山県公が漬物でお茶漬けを食うので止《や》むを得ずにお相伴するのが迷惑だ」と言っていた。

衛生上の問題がなければなんでもよく食べる人だった。アンパン好きで銀座木村屋のアンパンを好んだ。子どもを連れて、じつにまめに人気料理店へ行っている。日本料理神田川、上野精養軒、カフェ・プランタン、銀座資生堂、不忍池近くの鰻屋伊豆栄《うなぎやいずえい》などだが盃《さかずき》の文字を見て「仮名遣いが違う」と間違いを正したりした。没する六十歳の一カ月前まで公務をこなした「意志の人」であった。

妹の喜美子は、未亡人となった志げ夫人と一緒に桃煮を食べ、「お終《しま》いのころ、よくこれを召しあがりましたねえ」と語りあった。

Keyword

『父の帽子』『晩年の父』

鷗外の子供たちは、父親の素顔についてエッセーなどで多く書き残している。

『父の帽子』は、長女の森茉莉が1957（昭和三十二）年に筑摩書房から刊行した（現在は講談社文芸文庫）。幼少時の父との思い出や、鷗外が自らの家庭生活について書いた短編『半日』に対する思いなどが収録されている。同書は日本エッセイスト・クラブ賞を受賞し、文筆家として活躍する契機となった。

『晩年の父』は、次女の小堀杏奴が1936年に岩波書店から刊行した。鷗外が亡くなる最後の1年についてつづった表題作のほか、同時収録されている「思出」では「どつちかと云《い》えば肉類より野菜の方が好きだつたらしい」などと明かしている。

偉大な曽祖父の影

森美奈子
エッセイスト

私が東京都文京区立の小学校へ通学していた昭和二十九（一九五四）年の七月であったかと思う。千駄木の昔、森鷗外が居住していた観潮楼跡で鷗外の胸像の除幕式が行われた。当時、私は七歳であり、それまで自分が鷗外のひ孫であることは、特に聞かされてもいなかった。その日、よそ行きの服を着せられた自分がおかっぱ頭にリボンを結んでもらった僅かなその記憶から、今、当時をひもとこうとしている。

思えば、除幕式による早退のために、わざわざ母は小学校へ私を迎えに来た。式典で私は三歳年下のイタリア語の名を持つ従兄弟《いとこ》と二人で、その胸像から幕を取り去った。その現れた石像の人物こそ、私の父真章《まくす》（二〇〇〇年没。皮膚科医）の父於菟《おと》（一九六七年没。解剖学者）の、そのまた父林太郎、すなわち森鷗外だったのである。

胸像は大正三（一九一四）年、武石弘三郎氏によって観潮楼の庭に建てられた。だが、その後長い間、庭で野ざらしになっていたそうだ。そのため、武石氏自らその汚れを落とし、修繕したという。

観潮楼の庭には、明るい光が射し、大人たちの久々の挨拶を交わし合う声が明るく行き交っていた。出席者は、森家から於菟、その妻富貴、於菟とは母親違いの弟類とその配偶者、妹の茉莉、小堀杏奴をはじめとした人々。また、その子供たちが出席したと思う。恐らく、長谷川泉、野田宇太郎、小堀桂一郎ら文学者をはじめとする方々と後年の森鷗外記念会の礎を築かれた会員の方々も出席されたのではないだろうか。

話は飛ぶが、世の尊敬を浴びた鷗外は、私個人には少女時代の成長過程にある種の

1954年7月9日付毎日新聞夕刊に掲載された除幕式の写真。奥には、永井荷風が鷗外の「沙羅の木」を浄書した記念碑が見える（東京都文京区で撮影）

皹《ひび》を生じさせた。人としてのアイデンティティーの問題であった。十四歳になろうとしていた私は苦しんでいた。偉人、鷗外の影は大きく、少女の自分へ覆い被さったかのようであった。自分のなすことは、自分が最初に挑戦して完成させたわけでもない。満足感は湧かない。結果がたとえ良かろうと、何かが欠落しているように感じた。時が経過すれば、解決するものでもなさそうに見えて、その考えにどっぷりと塡《は》まってゆき、学業自体にも集中できない。

　ところが、ある日のことである。ふと、「於菟お祖父《じい》様の書棚」と呼ばれていたドイツ語書籍の多い棚の隅に、一冊の本が目に留まった。著者の名前は、森田正馬《まさたけ》とあった。「草むしりをせよ」「無心でせよ」。簡単にいうと、そのような教えであった。そのことにより、現在の拘《こだわ》りは解消されて、自らの目的へ自然に到達するという。草むしりは比喩であるだろう。今から、ざっと六十年近くも前のことであるから、どこか私の解釈に間違いがあるかもしれない。

　しかし、いつの間にか、水色のハードカバーの本は私の身辺から姿を消していた。その前にあの本は私には無用になっていた。本の所有者、祖父於菟も、私と似た心を一度抱いたことがあったのかもしれない。

　於菟は、鷗外の最初の妻登志子との間に生まれたが、数カ月後に鷗外は登志子と離縁した。その後、於菟は鷗外の母峰子に育てられた。母親の顔も知らない於菟であった。だから、心にぽっかりと穴が開いた心境に陥ることも、あったのだろうか？　ちなみに、登志子の父は、赤松則良といい、海軍中将男爵、母は貞といった。貞は順天堂初代堂主・佐藤泰然の孫、林洞海の三女である。

私の姿を見ると、いつでも於菟は、限りなく優しい笑みを浮かべて、「美奈子や」と呼びかけた。口数の少ない於菟であったが、父鷗外から与えられた悲しみは孫の私への深い愛情へ、いつの間にかすり替わっていたのかもしれない。

今、私は次のように考える。偉大な曽祖父の影を恐れることはない。確かに鷗外は文学の先覚者であり、国家の発展の先頭に立ち、国家と自己を一体化させて生きてきた。しかし、その鷗外にも根本的な間違いがあった。あの有名な「脚気《かつけ》論争」である。鷗外は「大意」で「米食と脚気の関係有無は余敢て説かず」と述べたが、誤りであった。脚気の原因はビタミンB_1の欠乏によると、鷗外死後、大正十三年四月、脚気病調査会で結論が出された。このことは、鷗外の汚点として残った。これは偉人にも誤りがあるといえる例だろう。

私のように他者と対比させて考えれば苦悩することもあるが、人の生き方には誰しも未来がある。自由がある。各人、個性がある。そのことを逆に死後の曽祖父から学ばせてもらったようにさえ、私は今更考えるのである。

Keyword

脚気論争

明治時代の日本で流行した脚気は若者が多く集まる陸軍や海軍でも患者が続出し、原因不明の病気として深刻な問題となっていた。ドイツ留学で当時最先端の医学分野であった衛生学を学んできた森鷗外にとって、日本食と栄養学は重要な研究テーマであり、陸軍軍医として脚気の原因究明と対策に取り組んだ。

原因について、当時は米食原因説や伝染病説など複数の仮説が乱立。医学界を中心に論争が巻き起こっていた。鷗外は病原菌の発見が必要と主張し、日本食の改善を否定する論陣を張った。しかし、その後の調査で脚気はビタミンB_1の欠乏によって引き起こされると特定されており、現代でも広く知られている。

没後一〇〇年特別対談

なぜ、鷗外に惹かれるのか

伊藤比呂美 詩人
永井愛 劇作家

日本近代文学に大きな足跡を残した作家の森鷗外(一八六二〜一九二二年)が二〇二二年七月九日、没後一〇〇年を迎えた。小説や翻訳、詩歌など幅広い作品を生み出しただけでなく、軍医としての顔も併せ持った鷗外の魅力とは何か。鷗外を愛してやまない詩人の伊藤比呂美さんと、舞台「鷗外の怪談」を手がけた劇作家の永井愛さんが語り合った。

文体作家の始祖

伊藤比呂美　昨年（二〇二一年）再演された「鷗外の怪談」、本当に素晴らしかったです。大逆事件が描かれていて、私にとってはノーマークだった。今、ＳＮＳ（ネット交流サービス）で政治的な発言をする作家はいるけど、鷗外はそんな感じで小説を書いていたのかもしれないと思った。でも、永井さんにお会いしてみたら、「鷗外のことは何も知りませんから」と自信なげなの。私も素人だから自信ないんですよ。だから、自信のない二人の女が「鷗外っていいですよね」と話すのが、鷗外の正しい読み方なんじゃないかなと思う。

永井愛　鷗外について語ろうとすると、尻込みする人が多いのは、やっぱり把握しきれないからだと思う。比呂美さんみたいに昔から鷗外が好きで、例えば病院で夫の介護をしている待ち時間とかつらい時に鷗外を読んだりしている。それが鷗外を血肉とする生き方なんだろうなと私は思う。

伊藤比呂美氏

伊藤　でも、私は好きなものは何百回も読んでいますが、読みづらいものは全部すっ飛ばしてきた。

永井　比呂美さんは著書『切腹考』で江戸時代の書物「阿部茶事談」を口語訳していますね。それを基に、鷗外が『阿部一族』を書いたと初めて知りましたが、それにしても恐ろしい小説ですね。

　一番怖いのは、若い侍の話です。切腹の前にいとま乞いして、好きな酒を飲み、昼寝をする。妻は、この若い夫の命がこの後に絶たれることが悲しくなる。ところが、あまりに気持ちよく寝ているものだから、お母さんと一緒に心配になってくる。このまま寝ちゃって切腹し損なうかもしれない、そうなったら世間からなんと言われるか分からない。そこで妻は夫を起こし、切腹に向かうと、家族は安心する。あの心理は怖いと思った。

伊藤　怖いですよね。

永井　鷗外は、本当は死にたくないのに、世間体のために死ぬ不条理を描きたかったのではないでしょうか。

永井愛氏

伊藤　「阿部茶事談」にはなく、『阿部一族』で鷗外が付け加えたのは「切腹は嫌だった」という心理と、もう一つは季節描写です。「雨の中を来た」とか、「花が咲いた」は鷗外が付け加えた。それが私はすごい好きだった。

永井　季節描写が描かれると、意味が出てきますよね。普通の日常が営まれている中で、これから異常なことが行われる、と。

伊藤　そこに、私は近代文学の歩みを感じちゃったんですよね。日本は国を開いて、自国の文学について考えなければならなくなった。その時に明治の人たちにとって、一番ショッキングだったのは、二葉亭四迷が翻訳したロシア小説の『あひゞき』などから「文学で自然描写ができるんだ」という感覚ですよね。それを、鷗外はきちんと引き継いで、日本文学の中に持ち込んだような気がする。

永井　『灰燼《かいじん》』を読むと、細かい描写があっていろんな手法を試しているのが分かる。例えば、主人公の節蔵が人力車から見た風景描写が見事。「美しかった」や「心地よかった」とかは一切入れず、風がそよいで木の葉がどのように揺れたか、カボチャの花が、どんな咲き方をしているかなどをレンズのように捉えている。文学者の目であると同時に、科学者の目で事実に迫ろうとしていて、それが結果として美しい描写になっているんですよね。

―独特のリズムのルーツ―

永井　鷗外は戦争犯罪に対する考え方を、小説の中で示していますよね。『鼠坂《ねずみざか》』は日露戦争の時に中国のある町で、現地の女性をレイプした上、殺してしまった記者が登場します。鷗外は戦地で女を犯したり、略奪したりすることを非常に嫌がった。だから、そのおぞましさを怪談という形で書いたんじゃないでしょうか。

日本軍は戦地で相当に野蛮なことをやっていた。そんな時代に鷗外はレイプされた女の苦しみに寄り添うことができた。それはやっぱり鷗外の正義感であり、日本を西洋に対して胸を張れる国にしたい、と思っていたから。鷗外の作品は今読んでも、古くないんですよね。それはどの作品にも常に日本と世界を意識させるスケールがあるからなのかなと改めて思います。

伊藤　全く同感です。私は「毎日新聞」の連載「今よみがえる森鷗外」の初回で鷗外の女性観について書きましたが、実は本当の興味はそこではないんですよ。文体なんです。すごくいいんですよ。

鷗外がなぜこの文体を作ったのかを知りたくて、随分調べましたが、行き着くのは鷗外の持っている教養ですよね。最初に津和野で話してた言葉があって、その後、東京に出てきて東京の言葉を知り、本も読む。貸本で江戸時代の随筆を読みまくったという記録もあります。それから、古文と漢文を読むし、西洋語もできる。その地層から生まれてきたものだろうなと思ったんですよ。

でも、頭の中で西洋語を日本語に変えたのは、同世代の夏目漱石も幸田露伴も同じ。けど、踊りを踊っているような文体を持っているのは鷗外だけ。『能久親王事蹟』で繰り返される「京都におわす」なんて美しいじゃないですか。

永井　以前も、比呂美さんは「京都におわす」をとても面白いとおっしゃっていましたが、私はこの異様な繰り返しをどう面白がればいいのか分からなかった。

伊藤　同じ言葉を続けていくことはまともじゃない。そのまともじゃないところに、リズムが出てくる。鷗外は江戸時代の紳士録「武鑑」を好んで読んでいました。「この侍がどうして、こうして」と延々と一定のリズムで書かれている。このリズムに似たものを、実は私たちは知っています。鷗外がどれくらい読んだかは知りませんが、旧約聖書です。

永井　ああ、なるほど。鷗外も子どもの頃に音読していた漢詩などのリズムが体にしみこんでいたはず。書き下し文もすごくリズムがいいですよね。私もそれはすごく分かる。

　鷗外の小説には、やたらと外来語が出てくるでしょう？　最初は日本語で言えるところは日本語で言ってほしいと思っていた。でも、それは時々リズムを壊したくなって、西洋語を入れたりしているんですね。文体をリズムでとらえているところがある。

伊藤　あると思いますよ。私も最初はなんだか知識をひけらかしているような感じがして、明治の人は嫌だなと思っていた。でも、私もアメリカから帰ってきたら時々やりたくなる。やっぱり英語でなければだめだと。そんな時は、鷗外のまねをしているなと思いますね。

永井　劇のセリフも、文体と似ていて、リズ

東京都文京区の森鷗外記念館で森鷗外の胸像を挟んで語り合う。（撮影：幾島健太郎）

ムが大事です。私は言葉をなるべく省略することで、日常語を劇言語として使えるように書いてきた。でも役者さんによっては、セリフに言葉を足してしまうことがある。「行こう」とあるのを、「早く行こう」と言ったり。セリフは言霊ですから。言葉自体の持っている魂が響かないと意味がない。語感やリズムがあって、初めて観客に言葉が響くことを想定して書いているのに、副詞や修飾語を入れられてしまうと、「違ってきたな」と思うことはあります。

伊藤　それが鷗外の本質だと思う。鷗外の日本語も省略に省略を重ね、実際に起こったことだけを書く。永井さんは文体は分からないとおっしゃっていたが、結局は理解しているような気がした。

文学の中に「文体作家」というカテゴリーを作っていいと思う。太宰治や永井荷風、泉鏡花も。その頂点、あるいは始祖が鷗外先生です。

おわりに

まず、もくじを見てほしい。

文学のみならず、美術や音楽の専門家など多彩な執筆陣が顔をそろえ、ひとくくりにできない多様な見出しが並ぶ。それこそが、近代化直後の日本を駆け抜けた森鷗外という人物の本質を象徴している。鷗外を論じた本だが、手に取ってページを繰ると、いままで知らなかった彼の側面に驚かされる。そんな読者がいてくれることを願っている。

本書は毎日新聞で月一回連載した「今よみがえる森鷗外」を収録したものだ。２０２２年７月に迎える鷗外の没後１００年を盛り上げようと企画し、19年4月から22年9月まで計42回にわたって続いた。毎月異なる筆者が、特定のテーマについて、具体的な作品を盛り込みながら鷗外の魅力について執筆した。

鷗外と毎日新聞には深い縁がある。夏目漱石が帝大教授の内示を辞し、朝日新聞に「専属の作家」として入社したのは有名な話だ。それに対抗して、東京日日新聞と大阪毎日新聞（現在の毎日新聞）は鷗外に小説の執筆を依頼した。鷗外が作家としての円熟期を迎えた晩年に手がけた『渋江抽斎』『伊沢蘭軒』『北条霞亭』の「史伝3部作」は、いずれも毎日新聞に連載された。

しかし、私自身は、鷗外に特別な興味や関心があったわけではなく、当初はそんな歴史があったことも知らなかった。たしか中学か高校の時に『舞姫』や『雁』を教科書で読んだ程度で、「作家と医者の二足のわらじの人」というぐらいの認識でしかなかった。

連載を企画したのは、先輩の文芸担当記者だった。その先輩記者が、随筆集『切腹考』（文藝春秋）で鷗外について論じた詩人の伊藤比呂美さんに取材したところ、22年が没後100年であることを教えられ、鷗外と毎日新聞の関係を知っていたため「今よみがえる森鷗外」という連載企画を思いついた。だが、連載開始から間もなく、先輩記者は定年退職を迎えたため、後任の私が連載の担当を引き継いだ。まさか鷗外とこんなにも長い間、向き合うことになるとは思わなかった、というのが本音だ。期せずして、3年以上担当する中で、鷗外は「二足」では足らない多才な教養人であり、家族思いの優しい人物であったことに気づかされた。

同時代を生きた鷗外と漱石は、よく比較される。娯楽性の高い漱石文学に比べて、なじみのない文体でつづられる鷗外文学は難解な印象が強い（もちろん、そこがいいという読者が多いことは本書を読めば理解してもらえる）。漱石の方が万人受けするという見方に異論は少ないと思うが、それはファンの傾向にも表れているかもしれない。漱石ファンに比べて、鷗外ファンは奥手で控えめな読者が多いように感じている。きちんとしたデータの裏付けがあるわけではないので、連載を担当してきた私の肌感覚に過ぎないが、くしくも伊藤さんが劇作家の永井愛さんとの対談で同じような話をされていて興味深かった。そのため、連載とは全く関係のない別の取材で、偶然にも鷗外好きを明かされ、執筆を依頼したこともあった。もくじに意表を突く書き手が並んでいるのには、そんな背景も隠されている。

連載では「現代の視点」も大事にした。ただ鷗外の魅力を伝えるだけでは、すでに語り尽くされている。新聞というメディアで連載する以上、「今」と100年前を生きた文豪とを結びつけたかった。執筆を依頼する際には、筆者全員に「現代の光を当てて、鷗外作品を読み直すことを狙いにしている」と説明した。連載中には、新型コロナウイルスの世界的な感染拡大や、ロシアによるウクライナ侵攻など、歴史に刻まれる出来事があった。そんな社会の動きに呼応して、鷗外を読み解く連載にしたかった。

19年4月13日付掲載の第1回は、伊藤さんに女性への理解をテーマに執筆していただいた。＃ＭｅＴｏｏ運動が国内外で広がりを見せていた頃だった。『舞姫』の作者という一般的なイメージだけでは読み解けない、鷗外の女性へのまなざしが現代社会に通じるものであることを教わった。

20年4月12日付掲載の門井慶喜さんの原稿にも圧倒された。当時は新型コロナの感染拡大に伴って外出が避けられ、スーパーやドラッグストアではマスクやトイレットペーパーなどの品不足が深刻化している時期だった。社会が、そんな異様な雰囲気に包まれている中で、門井さんは「鷗外こそはヒステリーから最も遠い、冷静と自制のきわみの文体のもちぬし」と評した。原稿中には「コロナ」というワードを一度も登場させないまま、国民の間で広まる不安と向き合う視点が、鷗外文学には存在していることを示した。

陸軍軍医総監にまでのぼりつめた鷗外を扱うなら、「戦争」も避けては通れないテーマだと考えた。日清・日露戦争に従軍した経験を持つ鷗外の戦争観とは何だったのか。国際社会における対立が深まる今、成田龍一さんや大木毅さんらに読み解いていただいた。

一方で、聖人君子のような人物像を抱きがちな鷗外のイメージに対して、「二面性」をテーマに「悪の気配」が漂うことを書いたのは、21年4月11日付掲載の黒川創さんだった。鷗外は最初の結婚相手を離縁してから再婚までの間、自邸近くに「隠し妻」を置いていたことが自明となっているが、日記にその痕跡は残されていない。良き家庭人でありながら、それと相反する顔も持つ不可解な二面性が、「魅力の一部をなしている」と論じている。生前には直接知ることが難しかったであろう文豪の素顔を今だからこそ、のぞけたような気がした。ぜひ読んでほしい。

最後に、連載中にたくさんのアドバイスをしてくださった東京都文京区立森鷗外記念館副館長兼学芸員の塚田瑞穂さんに感謝します。塚田さんの鷗外への愛情とそれに基づく豊富な知識がなければ、3年半にわたる連載を続けることはできませんでした。

鷗外が名作を残した文豪であることはもちろん、それから100年後の現代を生きる私たちにとって、さまざまな壁を乗り越えるヒントをいくつも残した先人でもあったと読者に少しでも伝わったなら、この本を作った目的は達成したといえる。

2022年10月

毎日新聞学芸部
須藤唯哉

略年譜

年号	西暦	年齢	略年譜 ＊主な作品	社会の出来事 ▼日本 ▽海外 ・鷗外以外の著名な作品
文久2	1862	0	1月19日石見国鹿足郡津和野町（現・島根県津和野町）に津和野藩主・亀井家の典医森家の長男として生まれる。本名・森林太郎。	▼1月坂下門外の変、8月生麦事件 ▽南北戦争（米・1861〜65）
慶応3	1867	5	11月村田久兵衛に『論語』を学ぶ。	▼10月大政奉還
慶応4／明治元年	1868	6	3月米原佐（綱善）に『孟子』を学ぶ。	▼1月戊辰戦争始まる。 ▼3月五箇条の御誓文。神仏分離令、廃仏毀釈おこる。 ▼4月江戸開城。明治維新。
明治2	1869	7	藩校養老館に入学。四書を復読、『四書正文』を賞与される。	・トルストイ『戦争と平和』（68〜69年）
明治3	1870	8	養老館で五経を復読。父にオランダ語を学ぶ。	・仮名垣魯文『西洋道中膝栗毛』
明治4	1871	9	11月養老館閉館により退学。	▼7月廃藩置県布告
明治5	1872	10	6月父・静男と共に上京。 10月縁戚の西周邸に寄宿。進文学社に通いドイツ語を学ぶ。	▼2月陸海軍両省設置。 ▼9月新橋・横浜間鉄道開通。 ▼11月太陽暦採用の詔書。 ・福沢諭吉『学問のすすめ』

明治6	1873	11	6月母・峰子が他の家族を連れて上京。 11月第一大学区医学校予科に入学(翌年東京医学校に、明治10年東京大学に改称)。	▼1月徴兵令公布。 ▼7月地租改正条例公布。 ▼11月内務省設置。
明治14	1881	19	7月東京大学医学部卒業。 12月陸軍省入省。陸軍軍医副になり、東京陸軍病院課僚として勤務。	▼10月板垣退助、自由党結成。
明治15	1882	20	5月陸軍軍医本部へ異動。 7月東部検閲監軍部長属員に任じられる。	▼コッホ、結核菌を発見。
明治16	1883	21	5月陸軍二等軍医に任じられる。	▼11月鹿鳴館落成。 ▼コッホがコレラ菌を発見。
明治17	1884	22	8月陸軍衛生制度調査および軍陣衛生学研究の目的でドイツへ留学。 10月ベルリン到着。ライプツィヒに移りライプツィヒ大学でホフマン教授に師事する。	▼7月華族令公布。 ▼10月自由党解党。
明治18	1885	23	5月陸軍一等軍医に昇進。 12月井上哲次郎に『ファウスト』の漢詩体翻訳を勧められる。	▼2月尾崎紅葉ら硯友社を結成。 ・坪内逍遥『小説神髄』。
明治20	1887	25	4月ベルリンに移り、北里柴三郎と共にベルリン大学でコッホに師事。 9月万国赤十字総会に出席し演説。	▼2月徳富蘇峰「国民之友」創刊。 ▼10月東京音楽学校・東京美術学校設立。 ・二葉亭四迷『浮雲』

年号	西暦	年齢	事項	社会事項
明治21	1888	26	3月プロシア近衛歩兵第二連隊の軍隊任務に就く。 7月ベルリンを発ち、9月帰国。陸軍軍医学舎の教官となる。エリーゼ・ヴィーゲルト来日。 12月陸軍軍医学校教官、陸軍大学校教官、陸軍衛生会議次官を兼務。 ＊『非日本食論将失其根拠』を自費出版。	▼4月市制・町村制公布。枢密院設置。
明治22	1889	27	1月「東京医事新誌」主筆。 2月海軍中将・赤松則良の長女・登志子と結婚。 3月「衛生新誌」を創刊。 10月軍医学校陸軍二等軍医正教官心得を命ぜられる。 ＊8月訳詩集『於母影』発表。 ＊10月「しがらみ草紙」創刊。	▼2月大日本帝国憲法発布。 ▼7月東海道線全線開通。 ▽パリ万国博覧会開催。
明治23	1890	28	9月長男・於菟誕生。 11月登志子と離婚。 ＊1月『舞姫』、8月『うたかたの記』発表。	▼10月教育勅語発布。 ▼11月第1回帝国議会開催。 ▼12月北里柴三郎が破傷風血清療法を発見。 ▽コッホ、ツベルクリン創製。
明治24	1891	29	2月東京美術学校（現・東京藝術大学美術学部）美術解剖授業の嘱託となる。美術解剖学のち美学西洋美術史を明治32年6月まで担当。 8月医学博士となる。 ＊1月『文づかひ』発表。	▼1月「早稲田文学」（第一次）創刊。

明治25	1892	30	1月本郷区駒込千駄木（現・文京区立森鷗外記念館）に転居。 8月落成した母屋2階を「観潮楼」と名付ける。 9月慶應義塾大学部文学科の講師となり明治32年まで美学を担当。 ＊11月アンデルセンの『即興詩人』の翻訳を始める。	▼10月北里柴三郎が伝染病研究所を創設。
明治26	1893	31	11月陸軍軍医学校長となる。	▽エジソンが活動写真を発明。
明治27	1894	32	11月日清戦争のため戦地に赴く。	▼6月北里柴三郎、ペスト菌発見。 ▼8月日清戦争勃発。
明治28	1895	33	4月陸軍軍医監。 8月台湾総督府陸軍局軍医部長。 9月帰国。 10月観潮楼に戻る。	▼1月雑誌「太陽」創刊。 ▼4月日清講和条約調印。 ▽レントゲンがX線を発見。 ・樋口一葉『たけくらべ』『にごりえ』
明治29	1896	34	1月陸軍大学校教官を兼務。 4月父・静男死去。 ＊1月「めさまし草」創刊。3月『三人冗語』（〜8月）掲載。	▽第1回オリンピック競技大会（アテネ）開催。
明治30	1897	35	1月西周が大磯で死去。 ＊5月『かげ草』刊行。	・尾崎紅葉『金色夜叉』
明治31	1898	36	10月近衛師団軍医部長兼軍医学校長となる。 ＊11月『西周伝』（家蔵版）刊行。	▼10月岡倉天心ら日本美術院創立。 ・徳冨蘆花『不如帰』 ・国木田独歩『武蔵野』

明治32	1899	37	6月陸軍軍医監に任ぜられ第十二師団軍医部長として小倉町（現・福岡県北九州市）に赴任。 ＊6月『審美綱領』を刊行。	▼1月「中央公論」創刊。
明治33	1900	38	1月先妻・登志子死去。	▼3月治安警察法公布。 ▼4月与謝野鉄幹ら新詩社結成「明星」創刊。 ▼8月幸徳秋水「万朝報」に非戦論発表。 ・泉鏡花『高野聖』 ・チェーホフ『三人姉妹』
明治34	1901	39	＊1月『即興詩人』訳了。	▼2月福沢諭吉死去。 ▽ノーベル賞制定。 ・国木田独歩『武蔵野』 ・与謝野晶子『みだれ髪』
明治35	1902	40	1月元大審院判事・荒木博臣の長女・志げと結婚。 3月第一師団軍医部長となり帰京。 ＊6月「芸文」創刊。9月『即興詩人』刊行。 ＊10月「万年草」創刊。	▼9月正岡子規死去。 ▽シベリア鉄道開通。 ・ゴーリキー『どん底』
明治36	1903	41	1月長女・茉莉誕生。	▼11月幸徳秋水ら平民社設立。 ▽ライト兄弟、飛行に成功。
明治37	1904	42	3月日露戦争により戦地に赴く。 ＊陣中で『うた日記』を作る。	▼2月日露戦争勃発。 ▼9月与謝野晶子「君死にたまふこと勿れ」を「明星」に発表。 ▼9月小泉八雲死去。

明治39　1906　44

1月帰国。
6月元帥・山縣有朋発案の歌会「常磐会」結成、友人の賀古鶴所と共に幹事となる。
7月祖母・清子（於清）死去。

▼2月坪内逍遥ら文芸協会設立。
・島崎藤村『破戒』
・夏目漱石『坊っちゃん』『草枕』

明治40　1907　45

3月与謝野鉄幹、伊藤左千夫、佐佐木信綱らと自宅「観潮楼」で歌会を始める。
6月首相・西園寺公望が主催した歌会「雨声会」に招かれる。日在の別荘が完成。
8月次男・不律誕生。
9月文部省美術展覧会の美術審査委員となる。
11月陸軍軍医総監陸軍省医務局長となる。
＊9月『うた日記』刊行。

▼4月夏目漱石が朝日新聞社に入社。
▼10月第1回文部省美術展覧会
・泉鏡花『婦系図』
・田山花袋『蒲団』
・夏目漱石『虞美人草』

明治41　1908　46

1月弟・篤次郎死去。
2月不律死去。
5月臨時仮名遣調査委員会委員となる。
6月陸軍の臨時脚気病調査会創設、委員長に就任。
＊6月『能久親王事蹟』刊行。

▼10月伊藤左千夫ら「アララギ」創刊。
・夏目漱石『三四郎』
・永井荷風『あめりか物語』

明治42　1909　47

5月次女・杏奴誕生。
7月文学博士となる。
＊1月木下杢太郎、石川啄木らと雑誌「昴」創刊。
＊3月『半日』、7月『ヰタ・セクスアリス』を「昴」に発表。8月『東京方眼図』を刊行。11月自由劇場第1回試演で鷗外訳『ジョン・ガブリエル・ボルクマン』上演。

▼10月伊藤博文がハルビンで安重根に射殺される。
・永井荷風『ふらんす物語』
・田山花袋『田舎教師』

明治43	1910	48	2月慶應義塾大学部文学科顧問となる。 *1月翻訳『黄金杯』、翻訳戯曲『続一幕物』刊行。 *3月『青年』連載開始。 *6月『普請中』を発表。 *7月『夏目漱石論』、8月『あそび』発表。 *10月翻訳『現代小品』刊行。 *11月「三田文学」に『沈黙の塔』を掲載。	▼4月武者小路実篤ら「白樺」創刊。 ▼5月永井荷風ら「三田文学」創刊。 ▼6月大逆事件（幸徳秋水ら逮捕）。 ▼8月日韓併合条約調印。朝鮮総督府設置。 ・石川啄木『一握の砂』、谷崎潤一郎『刺青』
明治44	1911	49	2月三男・類誕生。 *3、4月『妄想』を発表。 *9月『雁』連載開始。 *10月『百物語』『灰燼』発表。 *12月イプセン『幽霊』を翻訳刊行。	▼1月幸徳秋水ら死刑。 ▼9月平塚雷鳥ら「青鞜」創刊。 ▽10月辛亥革命 ・西田幾多郎『善の研究』
明治45／大正元年	1912	50	9月乃木希典夫妻葬儀に参列。 *1月『かのやうに』発表。 *10月『興津弥五右衛門の遺書』発表。	▼4月石川啄木死去。 ▼7月明治天皇崩御。 ▼9月乃木希典夫妻が明治天皇の大喪の日に殉死。 ▼10月大杉栄ら「近代思想」創刊。
大正2	1913	51	*1月『阿部一族』発表。翻訳『ファウスト』第1部刊行（3月に第2部）。 *2月『青年』を刊行。 *11月イプセンの戯曲『ノラ』を翻訳刊行。	▼7月島村抱月が松井須磨子と芸術座創立。 ・中里介山『大菩薩峠』 ・プルースト『失われた時を求めて』

大正3	1914	52	＊1月『大塩平八郎』発表。 ＊2月『堺事件』発表。 ＊4月『安井夫人』発表、『かのやうに』刊行。	▼11月北里研究所設立。 ・夏目漱石『こころ』 ・ストラビンスキー『春の祭典』
大正4	1915	53	11月大正天皇大礼参列のため京都へ行く。大島健一陸軍次官に辞意を表明。 ＊1月『山椒大夫』発表。 ＊5月『雁』刊行。 ＊9月『ぢいさんばあさん』発表、『沙羅の木』刊行。 ＊10月『最後の一句』発表。	・芥川龍之介『羅生門』 ・徳田秋声『あらくれ』
大正5	1916	54	3月母・峰子死去。 4月陸軍軍医総監陸軍省医務局長を辞任。 ＊1月『高瀬舟』『寒山拾得』発表。東京日日新聞、大阪毎日新聞で1～5月『渋江抽斎』、6月から翌年9月まで『伊沢蘭軒』を連載。	▼2月芥川龍之介、菊池寛ら「新思潮」創刊。 ▼12月夏目漱石死去。 ・夏目漱石『明暗』
大正6	1917	55	12月帝室博物館総長兼図書頭に就任。 ＊東京日日新聞、大阪毎日新聞で10～12月『北条霞亭』を連載。	▼11月ロシア革命 ・萩原朔太郎『月に吠える』
大正7	1918	56	1月長男・於菟が結婚。 11月正倉院曝涼で奈良に行く。 ＊2月『高瀬舟』刊行。『北条霞亭』の続編を連載。	▼7月鈴木三重吉「赤い鳥」創刊。 ▼8月シベリア出兵。

大正8	1919	57	9月帝国美術院初代院長となる。『帝謚考』などの考証開始。 11月長女・茉莉が結婚。 ＊12月『山房礼記』刊行。	▼4月山本実彦が「改造」創刊。 ・有島武郎『或る女』
大正9	1920	58	1月腎臓炎のため臥床。(2月上旬まで) ＊1月ストリンドベリの戯曲『ペリカン』を翻訳発表。	▼1月国際連盟発足。
大正10	1921	59	6月臨時国語調査会会長に就任。 ＊3月『帝謚考』刊行。 ＊11月『古い手帳から』連載(絶筆となる)。	・志賀直哉『暗夜行路』 ・魯迅『阿Q正伝』
大正11	1922	60	3月欧州に行く於菟、茉莉を東京駅に送る。 4月英国皇太子の正倉院参観に合わせて奈良に行く(4月30日から5月3日まで)。 6月萎縮腎と診断。肺結核の兆候もでる。 7月9日死去。 ＊1月『奈良五十首』発表。	▼2月山縣有朋死去。 ▼3月全国水平社結成。 ・ジョイス『ユリシーズ』

執筆者略歴（五十音順・敬称略）

朝井まかて《あさい・まかて》

１９５９年生まれ。作家。２０１４年に『恋歌』で直木賞、18年に『雲上雲下』で中央公論文芸賞、21年に『類』で芸術選奨文部科学大臣賞と柴田錬三郎賞を受賞。著作に『眩』『ボタニカ』など。

嵐山光三郎《あらしやま・こうざぶろう》

１９４２年生まれ。作家、エッセイスト。『素人庖丁記』で講談社エッセイ賞、『悪党芭蕉』で泉鏡花文学賞、読売文学賞（評論・伝記賞）を受賞。著作に『文人悪食』『文人暴食』『文人悪妻』『文士の料理店』『超訳　芭蕉百句』など。

池澤夏樹《いけざわ・なつき》

１９４５年生まれ。作家・詩人。88年、『スティル・ライフ』で芥川賞。93年『マシアス・ギリの失脚』で谷崎潤一郎賞。著作に『アトミック・ボックス』『カデナ』『砂浜に坐り込んだ船』など。

伊藤比呂美《いとう・ひろみ》

１９５５年生まれ。詩人。78年に詩集『草木の空』でデビューし、現代詩手帖賞を受賞。99年に『ラニーニャ』で野間文芸新人賞、２００６年に『河原荒草』で高見順賞、『とげ抜き　新巣鴨地蔵縁起』で萩原朔太郎賞と紫式部文学賞を受賞。著作に『良いおっぱい　悪いおっぱい』『女の一生』『閉経記』『父の生きる』『切腹考　鷗外先生とわたし』など。

猪瀬直樹《いのせ・なおき》

１９４６年生まれ。作家。『ミカドの肖像』で大宅壮一ノンフィクション賞受賞。著作に『土地の神話』『欲望のメディア』のミカド三部作、『ペルソナ　三島由紀夫伝』『マガジン青春譜　川端康成と大宅壮一』『ピカレスク　太宰治伝』の作家評伝三部作のほか『天皇の影法師』『昭和16年夏の敗戦』『黒船の世紀』など。

大木毅《おおき・たけし》

１９６１年生まれ。現代史家、作家。防衛省防衛研究所講師、陸上自衛隊幹部学校講師等を経て著述業に。著作に『ドイツ軍攻防史』『「砂漠の狐」ロンメル』『「太平洋の巨鷲」山本五十六』『ドイツ軍事史』『独ソ戦　絶滅戦争の惨禍』など。

海堂尊《かいどう・たける》

１９６１年生まれ。医師、作家。２００６年、小説『チーム・バチスタの栄光』でデビュー。第４回「このミステリーがすごい！」大賞を受賞。著作に北里柴三郎と森鷗外を描いた『奏鳴曲　北里と鷗外』『よみがえる天才８　森鷗外』など。

片山杜秀《かたやま・もりひで》

１９６３年生まれ。音楽評論家、思想史家。慶應義塾大学大学院博士課程後期単位取得退学。専門は近代政治思想史、政治文化論。著作に『音盤考現学』『ゴジラと日の丸』『未完のファシズム』『平成精神史』など。

門井慶喜《かどい・よしのぶ》

１９７１年生まれ。作家。２００３年『キッドナッパーズ』でオール讀物推理小説新人賞を受賞し作家デビュー。16年『マジカル・ヒストリー・ツアー　ミステリと美術で読む近代』で日本推理作家協会賞（評論その他の部門）、18年『銀河鉄道の父』で直木賞受賞。著作に『家康、江戸を建てる』『なぜ秀吉は』など。

神山彰《かみやま・あきら》

１９５０年生まれ。演劇研究者、明治大学名誉教授。

専門は演劇学・近代日本演劇。78年国立劇場芸能部制作室勤務。96年から明治大学文学部助教授を経て、２０２１年まで同教授。著作に『近代演劇の脈拍　その受容と心性』。

川西由里　かわにし・ゆり

１９７４年生まれ。島根県立石見美術館専門学芸員。専門領域は日本美術史（近代絵画）。企画に携わった主な展覧会に「森鷗外と美術」（２００６年）、「大下藤次郎の水彩画」（08年）、「美少女の美術史」（14年）、「富野由悠季の世界」（19年）、「美男におわす」（21年）など。

川本三郎　かわもと・さぶろう

１９４４年生まれ。作家、評論家。97年『荷風と東京』で読売文学賞（評論・伝記賞）。文学、都市、映画などの評論、小説、翻訳など幅広く執筆。著作に『大正幻影』（サントリー学芸賞）、『林芙美子の昭和』（毎日出版文化賞・桑原武夫学芸賞）、『白秋望景』（伊藤整文学賞・評論部門）、『成瀬巳喜男　映画の面影』『老いの荷風』など。

北村薫　きたむら・かおる

１９４９年生まれ。作家。89年『空飛ぶ馬』でデビュー。『夜の蟬』で日本推理作家協会賞（短編および連作短編集部門）、『ニッポン硬貨の謎』で本格ミステリ大賞（評論・研究部門）、『鷺と雪』で直木賞受賞。

黒川創　くろかわ・そう

１９６１年生まれ。作家、評論家。鶴見俊輔らが創刊した雑誌「思想の科学」に10代から関わる。『かもめの日』で読売文学賞、『国境［完全版］』で伊藤整文学賞（評論部門）、２０１５年『京都』で毎日出版文化賞、19年『鶴見俊輔伝』で大佛次郎賞を受賞。

コリーヌ・アトラン　Corinne Atlan

１９５６年生まれ。翻訳家、小説家。76年INALCO（フランス国立東洋言語文化学院）日本語学科学士課程を卒業。フランス語教師として日本、ネパールなどアジアに滞在。90年代初頭にフランスに帰国後、文学作品の翻訳を始める。現在までに小説を主として詩、戯曲など60以上に及ぶ日本語作品の翻訳を行う。小説、随筆を執筆。著作に『Le Monastère de l'aube（暁の増院）』、『Le Cavalier au miroir（鏡を持つ騎兵）』（日本未翻訳）がある。

今野寿美　こんの・すみ

1952年生まれ。歌人。79年「午後の章」50首により第25回角川短歌賞受賞。2009年4月から11年3月まで「NHK短歌」の選者を務める。15年より宮中歌会始選者。歌集に『花絆』『星刈り』『世紀末の桃』『龍笛』『かへり水』など。他の著作に『歌ことば100』『24のキーワードで読む与謝野晶子』『森鷗外』など。

今野勉　こんの・つとむ

1936年生まれ。テレビ演出家。59年、ラジオ東京（現TBSホールディングス）入社。ドラマ演出を経て、70年に番組制作会社「テレビマンユニオン」創設に参加。現同社最高顧問。96年に「こころの王国～童謡詩人 金子みすゞの世界」で芸術選奨文部大臣賞受賞。著作に『鷗外の恋人』『テレビの青春』『宮沢賢治の真実』（蓮如賞）など。

坂井修一　さかい・しゅういち

1958年生まれ。歌人、工学博士。87年『ラビュリントスの日々』で現代歌人協会賞、2000年『ジャックの種子』で寺山修司短歌賞、06年『アメリカ』で第11回若山牧水賞、10年『望楼の春』で迢空賞受賞。現在、東京大学副学長・教授であり、附属図書館長。

澤田瞳子　さわだ・とうこ

1977年生まれ。作家。2010年のデビュー作『孤鷹の天』で中山義秀文学賞、13年『満つる月の如し 仏師・定朝』で新田次郎文学賞を受賞。『星落ちて、なお』（21年）で直木賞を受賞。著作に『若冲』『火定』『落花』『恋ふらむ鳥は』など。

瀬戸内寂聴　せとうち・じゃくちょう

1922年生まれ。作家、僧侶。57年『女子大生・曲愛玲』で新潮社同人雑誌賞、63年『夏の終り』で女流文学賞を受賞。73年、岩手県・中尊寺で得度し、法名を寂聴に（旧名は晴美）。92年に『花に問え』で谷崎潤一郎賞、２００１年『場所』で野間文芸賞など受賞多数。06年、文化勲章を受章。主な著作に『花芯』『かのこ撩乱』『美は乱調にあり』『余白の春』『青鞜』など。歌舞伎、能、狂言、オペラの台本も手がけた。21年11月９日、死去。

高橋源一郎《たかはし・げんいちろう》

１９５１年生まれ。作家。81年『さようなら、ギャングたち』でデビュー。『優雅で感傷的な日本野球』で三島由紀夫賞、『さようならクリストファー・ロビン』で谷崎潤一郎賞受賞。著作に『日本文学盛衰史』『ニッポンの小説　百年の孤独』など。

高橋睦郎《たかはし・むつお》

１９３７年生まれ。詩人。現代詩を中心に短歌や俳句、小説など広範なジャンルで精力的に創作活動を行う。88年に詩集『兎の庭』で高見順賞。２０００年、紫綬褒章。17年、句集『十年』で蛇笏賞。文化功労者、日本芸術院会員。

田原総一朗《たはら・そういちろう》

１９３４年生まれ。ジャーナリスト。テレビ東京ディレクターとして多数のドキュメント番組を制作し、77年からフリー。討論番組「朝まで生テレビ！」「激論！クロスファイア」の司会を務める。著作に『日本の戦争』『堂々と老いる』など。

多和田葉子《たわだ・ようこ》

１９６０年生まれ。作家、詩人。82年よりドイツ在住。91年『かかとを失くして』で群像新人文学賞、93年『犬婿入り』で芥川賞受賞。日独２カ国語で作品を発表しており、96年にはドイツ語での作家活動によりシャミッソー文学賞受賞。２０１８年、『献灯使』で全米図書賞翻訳文学部門受賞。著作に『容疑者の夜行列車』『雪の練習生』など。

鶴見太郎《つるみ・たろう》

１９６５年生まれ。歴史学者。早稲田大学文学学術院教授。専門は日本近現代史。著作に『柳田国男とその弟子たち』『橋浦泰雄伝』『民俗学の熱き日々』『柳田国男入門』など。

遠田潤子　とおだ・じゅんこ

１９６６年生まれ。作家。２００９年『月桃夜』で日本ファンタジーノベル大賞を受賞しデビュー。著作に『アンチェルの蝶』『雪の鉄樹』『冬雷』『オブリヴィオン』『銀花の蔵』など。

永井愛　ながい・あい

１９５１年生まれ。劇作家、演出家。81年に劇団「二兎社」結成。作・演出を務めた「鷗外の怪談」は２０１４年に初演し、第65回芸術選奨文部科学大臣賞受賞。著作に『書く女』『ザ・空気』など。

中沢けい　なかざわ・けい

１９５９年生まれ。作家。78年に『海を感じる時』で群像新人文学賞を受賞して作家デビュー。85年『水平線上にて』で野間文芸新人賞受賞。著作に『女ともだち』『楽隊のうさぎ』など。

中島京子　なかじま・きょうこ

１９６４年生まれ。作家。出版社勤務後、ライターを経て、２００３年『ＦＵＴＯＮ』でデビュー。10年『小さいおうち』で直木賞受賞。著作に『平成大家族』『長いお別れ』『樽とタタン』『夢見る帝国図書館』など。

夏川草介　なつかわ・そうすけ

１９７８年生まれ。作家、医師。信州大学医学部卒。長野県にて地域医療に従事。２００９年、小説『神様のカルテ』でデビュー。著作に『臨床の砦』『レッドゾーン』など。

成田龍一　なりた・りゅういち

１９５１年生まれ。日本女子大学名誉教授。専門は日本近現代史。著作に『「戦後」はいかに語られるか』『近現代日本史と歴史学』『戦後思想家としての司馬遼太郎』など。

野崎歓《のざき・かん》

１９５９年生まれ。仏文学者、翻訳家。２０００年、ジャン＝フィリップ・トゥーサン作品の翻訳によりベルギー・フランス語共同体翻訳賞、01年、『ジャン・ルノワール　越境する映画』でサントリー学芸賞、06年、『赤ちゃん教育』で講談社エッセイ賞、11年、『異邦の香り　ネルヴァル「東方紀行」論』で読売文学賞（研究・翻訳賞）を受賞。訳書にスタンダール『赤と黒』など。

林望《はやし・のぞむ》

１９４９年生まれ。作家、国文学者。91年、英国留学時の経験をもとにしたエッセー『イギリスはおいしい』でデビューし、日本エッセイスト・クラブ賞受賞。２０１３年、『謹訳　源氏物語』（全10巻）で毎日出版文化賞受賞。

平野啓一郎《ひらの・けいいちろう》

１９７５年生まれ。小説家。99年、『日蝕』で芥川賞、『ある男』で読売文学賞受賞。著作に『葬送』『決壊』『ドーン』『空白を満たしなさい』『マチネの終わりに』『本心』など。

平松洋子《ひらまつ・ようこ》

１９５８年生まれ。作家、エッセイスト。２０１２年『野蛮な読書』で講談社エッセイ賞、22年『父のビスコ』で読売文学賞（随筆・紀行）受賞。著作に『夜中にジャムを煮る』『平松洋子の台所』『おいしい日常』『買えない味』『おもたせ暦』『おあげさん』など。

町田康《まちだ・こう》

１９６２年生まれ。作家。96年『くっすん大黒』を発表。２０００年『きれぎれ』で芥川賞、01年詩集『土間の四十八滝』で萩原朔太郎賞、02年『権現の踊り子』で川端康成文学賞、05年『告白』で谷崎潤一郎賞、08年『宿屋めぐり』で野間文芸賞を受賞。著作に『夫婦茶碗』『浄土』『猫にかまけて』など。

松永美穂　まつなが・みほ

１９５８年生まれ。翻訳家、早稲田大学文学学術院教授（ドイツ文学、翻訳論）。２０００年にベルンハルト・シュリンク『朗読者』の翻訳で毎日新聞出版文化賞特別賞を受賞。訳書に同『帰郷者』、ペーター・シュタム『誰もいないホテルで』、ウーヴェ・ティム『ぼくの兄の場合』、ヘルマン・ヘッセ『車輪の下で』など。

持田叙子　もちだ・のぶこ

１９５９年生まれ。国文学研究家。２００９年『荷風へ、ようこそ』でサントリー学芸賞受賞。著作に『折口信夫　独身漂流』『泉鏡花　百合と宝珠の文学史』『折口信夫　秘恋の道』『朝寝の荷風』など。

森まゆみ　もり・まゆみ

１９５４年生まれ。作家。98年『鷗外の坂』で芸術選奨文部大臣新人賞、２００３年『「即興詩人」のイタリア』でＪＴＢ紀行文学大賞、14年『「青鞜」の冒険』で紫式部文学賞を受賞。著作に『暗い時代の人々』『「五足の靴」をゆく』『子規の音』など。

森美奈子　もり・みなこ

１９４７年生まれ。森鷗外曽孫、エッセイスト。67年聖心女子学院英語専攻科卒。東京大学医学部文部技官（第三内科病歴図書）勤務、69年退職。のちエッセイスト。雑誌をはじめ、『森鷗外事典』などに執筆。

山崎一穎　やまざき・かずひで

１９３８年生まれ。跡見学園女子大学教授、同大学学長を歴任し現在は名誉教授。専門は日本近代文学。島根県津和野町の森鷗外記念館館長。著作に『森鷗外　明治人の生き方』『森鷗外　国家と作家の狭間で』など。

〔初出〕

本書は「今よみがえる森鷗外」（「毎日新聞」２０１９年４月13日から２０２２年９月11日掲載）と「今週の本棚：鼎談　森鷗外没後１００年」（２０２２年７月30日）に加筆、再構成したものです。

〔凡例〕

作品名、引用に際しては筆者の使用した文献の表記としました。

〔カバー・扉〕

森鷗外（すべて文京区立森鷗外記念館提供）

よみがえる森鷗外《もりおうがい》

印刷　２０２２年11月25日
発行　２０２２年12月５日

毎日《まいにち》新聞《しんぶん》学芸部《がくげいぶ》・編《へん》
文京区立《ぶんきょうくりつ》森鷗外《もりおうがい》記《き》念館《ねんかん》・協力《きょうりょく》

発行人　小島明日奈
発行所　毎日新聞出版
〒１０２－００７４
東京都千代田区　九段南１－６－17
千代田会館５階
営業本部　０３－６２６５－６９４１
図書第一編集部　０３－６２６５－６７４５

印刷・製本　中央精版印刷

ISBN978-4-620-32759-4